JN142433

蓮花谷話譚

明治の高野山に女人医師

若倉雅登

青志社

蓮花谷話譚（れんげだにわたん）

明治の高野山に女人医師

若倉雅登

目次

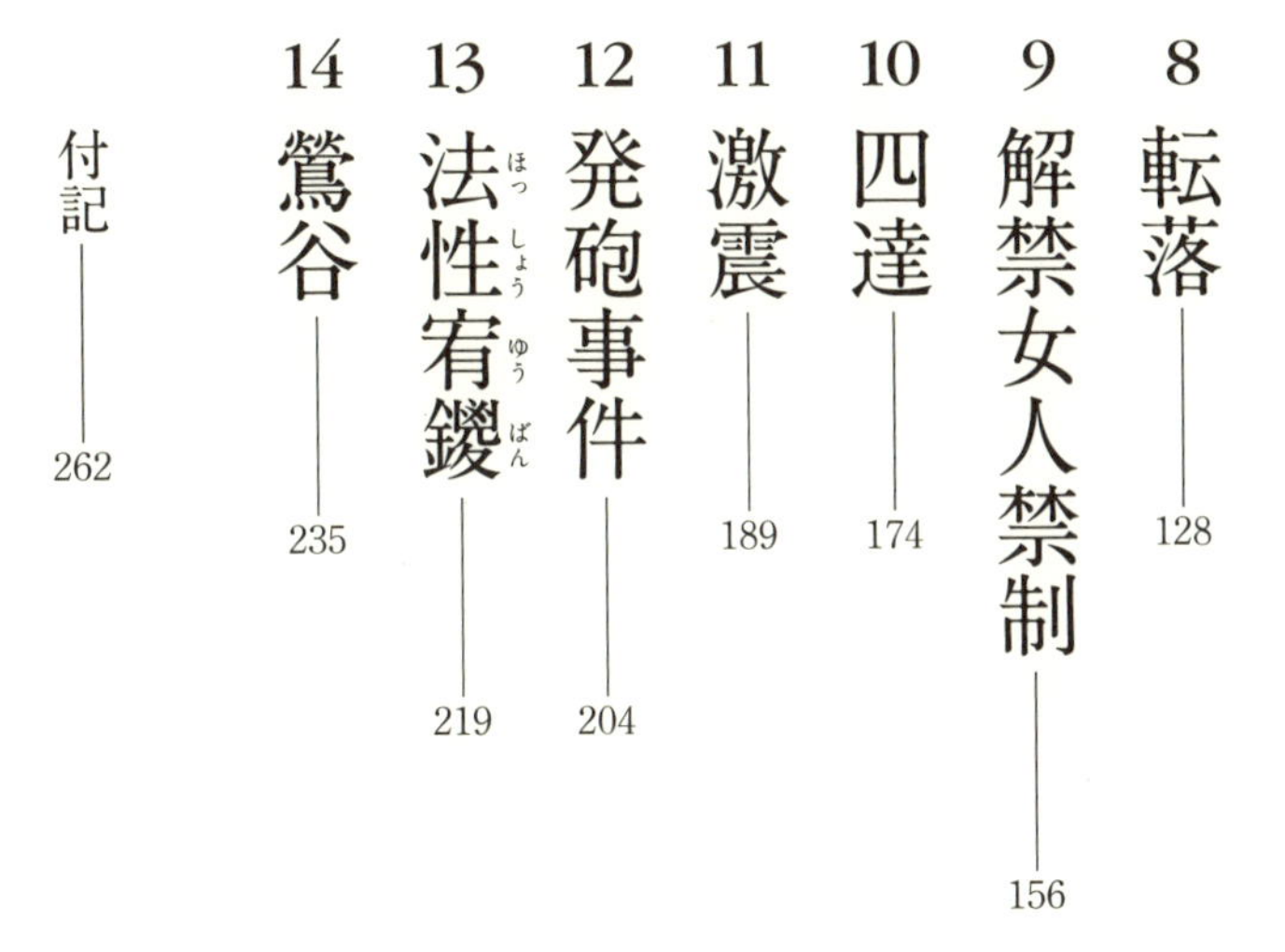

プロローグ

女人禁制（にょにんきんぜい）の高野山に、こんな話が伝わっている。

遠い遠い昔のことである。一人の若い女が高野の山の中に迷い込んで来た。

若い女は大和の国の杣人（そまびと）の妻であった。

夫が山仕事に出たきり帰って来ぬ。山中には狼や熊が棲んでいたから、里から一足出れば、帰ってくればよし、帰って来ねばどこかで行き倒れたものと決めてしまうのが、そのころのきまりであった。

女は里人に黙って、夜明け前に家を出た。山仕事が西南の方角だと知っていたが、ただそれだけであった。

木を伐る音を探して、幾日歩いたことだろう。獣の足あとや糞や、大きい蛇にも出会ったが、山育ちの女は少しもたじろがなかった。

そして突如、女は木を伐る音、倒れる音を耳にしたのである。

その音を頼りに山を上り、そして下った。

「いっせーのーで」

遠慮がちな人のかけ声がした。

大木の蔭に身を顰（ひそ）め、人声のあたりを息をつめて窺（うかが）っていた。

木を伐っている男、木挽（こび）きしている男、礎（いしずえ）の上に柱を立てている男、それを支えている男たち。

女ははじめに思ったよりも、そこにいる人の数が多いのに驚いた。にもかかわらず、見慣れた山仕事の男たちのざわめきはなく、皆黙々と、真剣なまなざしで作業をしていた。

眼が慣れてくると、男たちに交じって、常人でない男たちのいることに気付いた。髷（まげ）のない丸頭（まるがしら）の男たちであった。女はその男たちが僧侶であることを知らなかった。まして、一段高いところで人々に指図しているのが、後のお大師様とよばれる弘法大師（空海）であるとは、知るよしもなかったのである。

幾刻（いくとき）たったことだろう。向こうの木立の中から、大きな木をかついで来た男、それは紛れもなく良人(おっと)であった。

男たちは営々と立ち働いている。髭が伸び放題になった良人も、彼らに交じって嬉々として勤仕していた。

女が、大木の蔭から飛び出して、良人の前に跪(ひざまず)いたのは、男たちが一段高いところにいる人の合図で仕事の手を休めた刹那(せつな)であった。

良人が、その女が妻であると分かるのに時間はかからなかった。男は、あわてて女の手を引っ張り、山の小路をかなり離れたところまで連れて来て、初めて口を開いた。

ここは高野山というところで、女人は来てはいけないところであること、日本中で一番偉いお坊さんが、ここに寺というものを建てるために、自分たちは仕事に来ているのだということを、ことを分けて説いた。

無知で文盲ではあるが、聡明な女は語っている良人が以前よりもどこか違い、体中から生き生きと満ち溢れてくる何かを感じ取った。

結婚してこの方、こんなたくましい良人をみたことがない。

――良人をこないにしたのは、一体何なのだろう。

女はまじまじと見上げ、自分もここで手伝わせてほしいと願った。

が、そこには女の姿はなかったし、ここは女の来てはいけないところだと良人が繰り返し諭すのだ。

良人は妻の両手をしっかりと握りしめて、自分が手伝っている偉いお坊さんの仕事が、いかに大切なものであるかを説いてわからせようとしていた。

その男の手が不意に離れ、立ち上がった。

女の後ろに、かの偉いお坊さんが立っているのに気付いたからである。

お坊さんは穏やかな表情で、女と共に里へ帰ってもよいと良人に声をかけた。

そして、父親のように、兄のように、遠いところから良人を探し歩いて来たことを褒めてくれ、手足に痛みがないかと心配してくれた。

だが、良人は
「お坊様のお寺が建つまでは、どうしても帰りません」

と肯(がえ)んじなかった。

そして、女に里へ帰って待つようにと再び言い聞かせた。

それでも、女は自分にもこの偉いお坊さんの仕事を手伝わせてほしい、決して男たちに負けぬ仕事をするし、洗濯だの食べ物のことなど、女がする仕事もたくさんある筈だと懇願し続けた。

お坊さんは、うんうんと頷きながら聞いていたが、やがて静かに口を開いた。

「遠いところから良人を尋ねてきた女の心はよくわかるが、ここはどんな女も住めない。このことは、お坊さんの世界の決まりごとであって、決して決して、女を嫌ったり、侮(あなど)っているのではない」

そして、

「もし里に帰ることを欲せず、男を待つというのなら、この山の外のどこかの谷間に、女の住むところを作ろう」

と語りかけた。

女はどうしても里には帰らず、南の山を越えた谷間に粗末な住まいを建て、雨の日も風の日も一日として休むことなく、偉いお坊さんと良人に握り飯を届けたのであった。

この逸話の原典は、畲野(あらた)清子さんが「高野だより」(昭和四十八年、高野山出版)の中で紹介している。

この谷間を流れる池津川は、やがて人が住む集落になるのに十分な条件を供しており、ここに生を得た女子は、大師の深きご恩徳に与(あず)かるという言い伝えが、いつしか成立してゆく。

我が子が開いた山をひと目みたいと、讃岐国からはるばるやってきたお大師様の母、玉依(たまより)御前でさえ入山できず、九度山(くどやま)の政所(のちの慈尊院)で祈りを捧げるしかなかった決まりごとである。

それは、女人高野のはじまりでもあった。

空海は母の為に月に九度、百八十町（約二十二キロメートル）の山道を下ってここを訪ね、そして同じ道を上って帰った。そのことから、九度山の地名が生まれた。

ずっと時代が下った戦国時代の武将、真田昌幸、信繁（幸村）父子が流され、謹慎生活を余儀なくされたあの九度山である。


女人禁制は、こうしていくつもの逸話や悲話を高野山に残しながら、明治まで厳格に続いた。

畜野清子女史は明治四十四年に高野山に生まれた。

明治五年太政官布告で、女人禁制は表向きは解かれたものの、なお長く、色濃く残っていた山の掟をいただく中で生を得たのであった。

父堯範（ぎょうはん）は尾張の人で、のちに法印大和尚位（ほういんだいかしょうい）の僧位になる。すでに法令上は妻帯を許される時代。母奈枝（ならえ）は櫻池院（ようちいん）の奥様として畜野家を継いでいた。

女史自身も、同院道場にて得度し、灌頂（かんじょう）を受けたのみならず、高野山大学国文科で、第一号の女子学生として学び、昭和二十四年に卒業している。

その後、高野山人として「高野春秋」「続高野春秋」など、多くのエッセイ集を上梓した女史は、著書の中で高野より山奥の谿間（けいかん）々々に人は住んでいただろうかと、問いかける。そして、摩尼、大滝、相ノ浦、花園など、高野山とは浅からぬ因縁の部落（さと）に、遠い昔、お坊さんではない高野山に縁の深い人々――木こりや大工や屋根屋などもそうだろう――の妻や子が住み着いたのではなかろうかと想像する。

ちなみに高野山という山はない。

高野三山（転軸山（てんじくさん）、楊柳山（ようりゅうさん）、摩尼山（まにさん））を含む、八葉の峰に囲まれた標高およそ千メートルの盆地を総称する。総本山金剛峯寺（山号は高野山）を筆頭に、その塔頭（たっちゅう）が現在百十七ある。

この高野山には商店も、建設業も、製造業もあり、役場もある。つまり僧侶以外の人たちも大勢住んでいる。

女人禁制が厳しい時代にも、その周辺地域は高野山への人力供給源となっており、女性も住んでいたのである。

明治五年三月二十七日、太政官布告第九十八号は、『神社仏閣の地にて、女人結界の場所これあり候（そうろう）ところ、今より廃止し、登山参詣等勝手になす事』と明記し、明治政府として日本各地にあった女人禁制を解禁した。

高野山でも明治六年（一八七三）の春、一人の女性が入山してお参りしたという記録が残っている（高野物語、高野町編纂室民族資料）。

明治五年四月二十五日。太政官布告第一三三号では、僧侶の肉食、妻帯、蓄髪、法要以外で平服をそれぞれ自由とした。

ところが、高野山は「山の掟」を独自に作って、布告の内容の受け入れに抵抗した。

下って明治三十二年（一八九九）に金剛峯寺教義所から出されたる高野山山規（やまき）でさえ、その第一条には、

――婦女は止宿せしめざること。但し親族又は商業の取引の為登山せし婦女は、当日の午後十時までにその区の委員に届け出、一泊することを得。二泊に及ぶ時は、更に届け出づべし。若し止むを得ざる場合三泊に及ぶ時は、同盟会長の承認を得て巡査駐在所へ届け出づべし。


とある。

女性の居住はなおも厳しく取り締まられた。

「女狩り」と称する取締は、金剛峯寺の受付の右端に専用部屋があり、そこに五條県から派遣された請願巡査が行う。金剛峯寺が雇った「役僧」や「番太（ばんた）」と呼ばれる人夫と連れ合っ

て、

「女はおらんか、家に女はおらんか」

村の各戸を巡回し、時には立ち入って調べるのであった。

隠れ住んでいた女性は、女狩りの気配を察すると、慌てて旅姿になって、濡れた草履を軒に並べて「今、高野山に着いたばかり」という芝居をして難を逃れたといわれる。

女性が堂々と山内に居住が出来るようになるのは明治三十八年（一九〇五）で、金剛峯寺がようやくこれを正式に認めたのである。

しかし、昭和になってからでも、そして戦後でさえも、人の目がある寺の表廊下や玄関に、寺に住む女性が堂々と出てくることは憚（はばか）られ、出入りは裏からするのが当たり前、人が入って来ることのない寺院の裏庭であっても、女性の下着類を干すことはご法度とされ、商家の軒先を借りたりして干すのが常であった。

その習慣は令和の今でも続いているという。

1 池津川風土記

和歌山県高野町の南県境を越えたところに、奈良県吉野郡野迫川村はある。

江戸時代は天領五條代官所の管轄で、野川組四村、迫組五村、川波組四村、一郷組一村と十四の村郷（集落）からなっていたものを、明治二十二年（一八八九）の町村制になって、組の頭文字をとって「野迫川村」一村としたのである。

山深いこの村の面積は、百五十五平方キロメートルという巨村であるが、ほとんどが山林で、人の住める可住地面積はわずかに二・一パーセント、巨大な村に小さな集落が点在しているにすぎない。

川波組の池津川、紫園、立里、中津川の各集落は、陣ヶ峰（標高一一〇六メートル）の南斜面と荒神嶽（標高一二六〇メートル）の北東斜面に挟まれた集落で、中央に池津川の河谷に沿う街道が通っている。

池津川などの熊野川水系の川がこれらの村々を育んでいて、水利に困ることはまずなかったが、豪雨があればすぐに暴れ川と化し、氾濫の憂き目に遭う怖ろしさも、集落の人びとは代々記憶に留めてきた。

町村制に移行する以前の野迫川村一帯を管理するために、前宇智吉野郡内第十七戸長役場が置かれており、駐在所や郵便局も近在した。それら重要な施設は、どれも地理的にもこれらの集落のほぼ重心にあたる池津川村内にあった。

高野山金剛峯寺からその役場までは直線距離で二里(約七・八キロメートル)、道のりにすると三里(約十一・七キロメートル)である。一方、五條代官所から野迫川村までは、高野山の東側の山深い道を十三里(約五十・八キロメートル)近くたどり、男の健脚でも片道十数時間はかかることを考えれば、地理的にも五條より高野町との関係がより深かったのは当然である。

野迫川村の人々の心が、代々高野山に向いていたもう一つの明らかな証しがある。

弘法大師が高野山を開山する前のことである。

大師は三宝荒神の御像を描いて本尊とし、十七日間荒神を供養し、高野山の伽藍(がらん)繁栄、密教守護の祈誓をなし、壇上の鬼門には荒神の社を勧請した。その後に大伽藍を建立したところ、何の障りもなかった。これにより、大師は一生の間、毎月荒神社に参詣した。

高野山との深い因縁から、荒神様は高野山の奥社とも呼ばれ、昔から全国から参詣の人が絶えなかった。

荒神嶽の山頂には古荒神がある。現在の社殿はそれより北側の低いところにあり、社殿までの参道は鳥居が連続し、石段になっている。周囲は老杉が茂り、ほかに朴（ほお）の木、夏椿、クロモジなどが繁茂する。老杉の幹を通すために穴があけられている社殿の軒は、ことに人々の目を奪う。

江戸後期の寛政十一年（一七九九）九月十五日のこと、この由緒ある静謐な荒神様に相応（ふさわ）しくない紛争が、池津川村と北股村との間に持ち上がった。

その日の朝、池津川村の保太郎が、いつものように御膳供えのために荒神嶽を登ってゆくと、参道の手前あたりで突然若衆たちに取り囲まれた。

「何しに来よった」

「荒神様にお供えに来た」

保太郎がそう答えると、

「はや用はない。そげなことは手前どもでするから帰りおれ」

喜右衛門、市十郎、浅右衛門ら顔見知りの者も何人もいる。北股村の連中だ。

「我らは、昔から交代で御膳を供えに来よる。帰るわけにはは行かん」

「荒神様を北股に渡せ」

などと口々に叫びながら、数人が保太郎に素手で殴りかかってきた。

保太郎は小柄で大人しい性格であった。その上多勢に無勢、彼はこの不意打ちに縮み上がり、這う這うの体で村へ逃げ帰った。

保太郎から事情を聞いた父、勘次郎は早速、保太郎を伴って村の庄屋理右衛門宅に参上した。

急用だと告げる二人の緊迫した様子をみて、理右衛門は二人を屋敷の中に招じ入れた。

客間に端座した、その月の荒神様の当番家の主である勘次郎は、

「実は……」

事情をすべて話した。

黙って聞いていた理右衛門は、立ち上がって奥の戸棚から、手形や目録、書状などが入った手文庫を持ち出してきた。

その中から、一段と古びた書付を取り出して、勘次郎らの前に拡げた。

「勘次郎、保太郎、見てみい」

百年前の文書であり、草臥れて、破れかかっているところもある。

文字の読める勘次郎が黙読した。

そこに書かれていたのは、元禄六年（一六九三）十月二十八日、高野山萱堂成就院が大工三人を連れてきて、吉郎兵衛、三左衛門という池津川村の村役人のところへ、荒神嶽に御鎮守御普請を行い、御本尊をそこに奉納したことを報告に来た、という記述であった。

池津川村は以来百年にわたって、一、十五、二十八日の月三日間、荒神様に膳を供え、境内を清掃し、建物の破損個所を修理し、屋根替えも油断なくしてきた。

荒神社には宝積院（ほうしゃくいん）が併存しており、別当が参銭、燈明銭、御供料を収受していたが、ほとんど無住であったので、その場合は池津川村が預かり管理してきたのである。

「まず、池津川村の者が、荒神様にお参りに行くのは、暫く差し止めることとする。明日以降若い衆に北股と、荒神様の様子を見に行かせる。その仕儀によって如何に対処するか、よく談合致そう」

争いによる無駄な危害を避けながら、ことの子細を見極めるため、理右衛門はそう指示しつつも、それにしても不埒な話だと、眉根に深い皺を寄せた表情で想念に落ちた。

池津川村の代々の庄屋の中でも、理右衛門はとくに知識があり、村人への指示も的確なだけでなく、子供たちを集めて武智流柔術を教えるほどの剛力でもあった。

理右衛門は先代の庄屋が病死すると、突然どこからかやってきて、庄屋家の主に収まったものだが、出自を知っている人はいない。

ただ、いつも背筋を伸ばし、口をへの字に曲げた渋い表情で、悠揚として迫らぬ歩容は、いかにも近寄りがたい空気を醸した。

それでも、齢をとってからは随分と柔和になった。以前は村の若者が少しでも不埒や狼藉を働けば、即刻出て行って、有無を言わさず一喝する。その様は、若者だけでなく、大人からも手厳しい庄屋だと恐れられた。

享保元年（一七一六）の資料で毛付（年貢収納量）をみると、池津川村二万八千百九十五石、北股村七千八百九十三石と、村高では池津川村が北股村の三倍以上である。

その時代の各村の人口は定かではなく明治初期の資料しかないが、明治になるまで大きな変動がなかったとすれば、人口は北股村が池津川村の二倍半あった。

となると、池津川村に比して、北股村はかなり苦しい生活を強いられていたはずである。

北股村では耕作だけでは取り高が著しく不足するので、荒神嶽で杉や檜材から割箸を、沢胡桃から下駄を作る家内工業が発達した。

もちろん池津川村でも、田畑からの収入では不十分なことは同じで、高野豆腐づくりが古くから行われ、高野山に売りに出掛けていた。

こうした村々の貧窮と、その中から絞り出した工夫の足跡を背景に、争いは起こったのである。

池津川村は、同じ川波組の紫園村、立里村とは寄合、祭、そのほかもろもろの季節行事を通じて互いに交流が盛んで、婚姻関係ができることも少なくなかった。これに対し、北股村は隣村にもかかわらず、迫組の村であり、行き来は少なく、村人たちが互いに知り合う機会は乏しかった。

北股村は、十二村のうちで最も人口が多く、高野山と熊野を結ぶ重要な交通路にもあたり、中心的存在だという自負がある。しかも、荒神様は池津川村からより近間にあるのだから、池津川村が管理するのは筋違いだという思いを昔から引き摺(ず)ってきたのである。

理右衛門は、北股村と、何らかの形でつながりのある者を三、四人選んで、北股がいったい何を考え、どうしようとしているのか探りを入れた。

四、五日の間、北股村に行き、あるいは荒神嶽に登って探索していた若い衆らは、庄屋宅に戻ってきて以下のような報告をした。

第一に北股村の連中は、顔見知りの池津川村の人々に会っても、無視するようにして話をしようとしない。

第二には、荒神様の南側に粗末な雨除(よ)け小屋がある。そこは北股村に下(お)ろしてきて割箸などに加工するための材木を、一時保管するために使われているものだが、そこにいつもより多くの人数が集まっている。

第三には、荒神様から三丁（約三百二十七メートル）下の北股村領内に杉材など材木を集め、三間（五・五メートル）×七間（十二・七メートル）の地縄を張っている。聞き出したところによれば、新しい寺を作るのだという。

この間理右衛門は、北股村庄屋、弥七に再三文を出して、必要なら出かけて行くから、この度の事件の子細について説明をせよと求めたが、何の音沙汰もなかった。

そこで、理右衛門は荒神様への膳供えを二十八日から常のように再開すると弥七に通知し、勘次郎、保太郎親子二人でこの役を務めることと決した。

その日は屈強の村の衆五名に密かに後を追わせ、何事も起きていないことを確かめさせる手筈をとった。

北股村が万一再び不埒をした場合は、ただ逃げ帰ってくればよく、荒神様の御山で、決して手出しをしてはならないと厳命することも忘れなかった。

九月二十八日当日の昼下がりのことである。勘次郎、保太郎親子がいつものように「膳供えを終わり、境内の清掃をしていると、どこからともなく少しずつ境内に人がやってきた。

参拝の人びとかとはじめは無視していたが、人数が多すぎる気がする。

よく見ると、最前乱暴を働いた北股村の者たちがまぎれていることに、保太郎は気づき、勘次郎に耳打ちした。

荒神様の境内で、決してことを起こしてはならないとの理右衛門の言葉を思い出し、早々に掃除を切り上げて下山しようとすると、図体の大きな北股村の喜右衛門が、

「池津川村の者に申し付ける。荒神様は以後、北股村で守護するから、村の者は境内に近づいてはならない。このことを、村の者によくよく伝えよ」

大音声を発すると、境内に集まってきた人数が、「おう」と声を上げた。

「荒神様は、百年も前から池津川村の氏神様でございますよって」

勘次郎が穏やかに陳ずると、

「何をぬかす。我らには京の北白川家がついとるんやぞ」

などと口々に言い、

「新しいお社に荒神様をお祭りするさかい、古めかしい厨子（ずし）はもうええやろ」

喜右衛門が喚いたのを合図に、三十人からの人数の北股村の者たちは、一斉に社殿に突進し、三宝荒神御像図が中に祀られている厨子の戸帳（とちょう）（厨子の上にかけられた布）を引き破り、賽銭を強奪した。

他の二、三人の者は逃げる保太郎を追い回し、打擲（ちょうちゃく）するなどの乱暴を働こうとしていた。

後から登ってきた池津川村の五人は一部始終を見届け、北股村の連中が保太郎に近付くのを

間に入って遮り、親子を護衛しながら下山させたのであった。

その間、池津川村からは一切手出しをせず、騒ぐのは専ら北股村の村人であったことを、参詣者の一人がよく見ていた。

この報告を聞いた理右衛門は、即座に五條代官所に訴えることを決めた。

その訴状には、元禄六年十月二十八日高野山萱堂成就院が御本尊を荒神社に祀った経緯から、以来池津川村で荒神様を守護していること、先日来、北股村が三、四十人ほどの徒党を組んで乱暴、狼藉を繰り返したことの子細を口頭で述べた上で、以下の嘆願書を提出した。

――向後は北股村の者ども右当村荒神社に踏み込み強勢無体無法の狼藉を仕らざる様、なお、またご参銭など一銭文たりとももぎ取らざる様、その上私どもの氏神様を北股村の荒神に致すなど盗賊同然の族を申し、御戸帳等引ったくり無法の働き仕らざる様仰せつけて下さることとお願い申し上げます。

日付は寛政十一年（一七九九）十月で、宛先は五條お役所様とある。

そして、池津川村願人として、勘次郎、藤七、利左衛門、庄屋理右衛門、年寄嘉七の名前が出ており、相手方として、北股村庄屋、年寄、惣村中と、名を特定せずに記載されている。

翌年になって、代官所番所から北股村に照会があった。それに対し、北股村は、

――当村の荒神嶽の儀、寺社御改めの節、当村より御番所様へお届け申し上げ候哉とお尋

ねの儀は、当村儀八が庄屋の役にあった天明八年（一七八八）、寺社御改め御触書拝見仕候、然るに当村の儀は極山中の儀にて農作上少なく御座候故、当村もの共山中へ罷り越し居り、箸を拵え渡世に仕り居り御座候えば、其の節の庄屋儀八より御改め申し上ぐべく様奉り存じ候ながら、併せて右庄屋儀八は翌年（寛政元年）十一月に病死仕り候えば、私共儀御改め奉り候儀哉、否や存じ奉らず候。荒神神地山の儀は当村領少しも相違御座なく候。之に依って書き奉り差し上げ候。

と返書している。

この文章には荒神社、荒神様の文字はなく、荒神嶽は北股村の領地だと話をすり替えており、しかも、御番所様にそのことを改めていただいたかどうか、当時の庄屋儀八が死んでいるのでわからないという苦しい返答になっている。しかも、北股村の領地だといいながら、その確たる根拠も示せていない。

照会内容とは無関係の「北股村は耕作地が少ないから箸を作るのに山が必要なのだ」という文言がある。哀れを誘おうとしているのであろう。

その後、この案件は奈良奉行所の扱いとなった。

この訴訟の間にも、北股村はいかなるつながりなのかはっきりしないが、京都北白川家を巻き込んで、荒神様へ金幣を供え、月三日の膳を供え、さらに十津川郡西田村（奈良県南端にあり、三重県、和歌山県に接する十津川村は、北方領土を除くと日本で最も面積の大きな村。ただし、西田の地名は現存しない）の神主を雇い、御湯、御米供えも行い、賽銭も入手して着々と事実を積み上げてゆく。

一方、池津川村は北股村との直接の敵対を避けながら、延享三年（一七四六）の奈良奉行所の寺社改めの際に、「当村氏神様」と申告していること、また、本尊および社頭に「池津川村」と目付け（目印）をしていることを証拠だてて申し立てた。

これで、自明のようではあるが、両村とも一歩も引かず、結局最後は京都奉行所扱いとなった。

最終的には、池津川村が代官竹村八郎兵衛を経由して奈良奉行所に提出していた、元禄七年（一六九四）「寺社改帳」に「池津川村荒神」の記載が見つかり、これが動かぬ証拠となって、次のような決定が下された。

すなわち、荒神社は池津川村領と決し、地所は峯限り北が池津川村領。東、西、南側は北股村領となった。

発生より二十七カ月もかけた、お上の決裁であった。

この裁定に双方異論を差し挟めるはずもなく、北股村の市十郎、喜右衛門、浅右衛門、角右衛門、庄屋弥七（病気代）、年寄文次郎、付添浅之丞から、池津川村庄屋理右衛門、年寄林助、百姓惣代利左衛門、其の外村中あてに、一札が入れられた。

また、代官所には両村合同で謝状が差し出された。

これらはいずれも、京都奉行所の指示、計らいであり、見事な裁きと事後処理だと言えるだろう。この事件は、以後長く「荒神嶽一件」として語り継がれてゆく。

なお、明治新政府の出した神仏分離令により、荒神社にあった宝積院は、池津川村中心地に移されて今も現存する。

野迫川村の池津川集落は最も北寄りにあり、ほかの集落より若干低い標高六六〇メートルの谷に家屋が点在している。

ここに、花谷伊太郎、ゆうの夫婦が住んでいた。

伊太郎の父嘉平は、天領五條代官所管轄下の村役人で、池津川村に四番屋敷を拝領している。通常、藩から屋敷を拝領するのは藩士であるが、嘉平はこの地に住む庄屋、もしくは組惣代であった。

代官所から遠く離れた山奥なので、峻険な山中の小さな村々を、代官所ではとても直轄しきれない。そうした場合、土地の有力者に屋敷や扶持を与え、場合によっては年貢を割り引くなどする代わりに、地域をしっかりと治めてもらうという例があった。

辺鄙な僻地だから、年貢を納めさえしてくれれば、その地のことは自分たちでやってみなさいという代々受け継がれた代官の考えなのである。

こうしたことは日本各地であったらしく、拝領屋敷を「御免屋敷」などと呼んだ。

嘉平は、御免屋敷を拝領した村役人としては別格の存在であり、おそらく土地にまつわるさまざまな権利をも認められ、地域完結型の集権的管理をしていた。

江戸時代、農民が武器を持つことは厳しく禁じられていた中、この地域では猿、猪、鹿など鳥獣が農耕生活に脅威を与えることから、狩猟用の威鉄砲を貸し出した記録も残っている。

嘉平が拝領した池津川の屋敷は、今は更地である。

その敷地面積は平坦な部分だけでも、五百坪（約千六百五十三平方メートル）は優に越えていよう。

敷地の一部は小さな水田になっており、その周囲には高野山の霊木、高野槇が企まずに配され、円錐型の端正な樹形が天を指して直立している。

山林との境ははっきりしない。

この池津川に沿った急傾斜地を造成して、石垣の上に家を建てていた。

ここ池津川の人口は、明治十五年（一八八二）には八九人。その後徐々に増加して、昭和一〇年（一九三五）には二九七人に達する。昭和二十二年を境に減少が止まらず、平成二十二年においては、わずか十六世帯二十九人にまで落ち込んだ極端な過疎地である。

花谷家ももはやここにはなく、最近壊された古家の写真が残っている。雨戸で閉ざされていて中は見えないが、木造二階建て、屋根はトタン葺きだが茜色に塗られ何となく人目をひく豪華さを醸し出す、しっかりとした造りである。

代官所が認める土地にまつわる権利のひとつに、鉱山があった。嘉平の後を継いだ伊太郎は、野迫川村にある立里（たてり）鉱山の株を多く所有していた。

立里鉱山は、立里集落の北方、道のりで半里（約二キロメートル）の山中に位置する。ほかの近隣集落からの直線距離を見ると、池津川集落の南東半里（約二キロメートル）、紫園集落からは四半里（約一キロメートル）南方にあたる。

この付近には早くから黄銅鉱の埋蔵が知られていたらしいが、地元民でもごく一部の者しか知らなかった。

地理的関係から以前は「紫園鉱山」「紫園銅山」と称され、地元民とは違う、どこからかやってきた杣人（そまびと）が試し掘りをしたことがあると伝わる。

文政元年（一八一八）、大坂の播磨屋与兵衛が再びこの鉱山に目を付けた記録がある。文政十一年（一八二八）には江戸浅草並木町の呉服商、山屋穂三郎の代理伊兵衛が、紫園村に銅山開発を申請してきた。村として支障はないものの、領主の許可が必要と返答。その後、大坂町奉行所が介入し、沙汰やみになったことが古文書にみえる。

鉱山はあたりはずれが大きい賭け事で、地元民はほとんど関心を持たず、その存在すら知らない者も多かった。

地元民がこの鉱山に関心を持った記録は、天保年間（一八三〇〜一八四四）になってはじめて出てくる
先祖代々が紫園村に土着していた武助は、裏庭のさらに奥山に小さな水脈があるのを子供のころから知っている。大雨が降れば、あたりから会合した水は、小さな流れとなって斜面を駆け下りる。晴れた日も、その斜面は黒く濡れ、黒い岩肌の上は苔が生えてぬめっている。

そこから上の急斜面をしばらく上ると、あたりはやや開ける。そこはこのあたりの人が「ずり山」と呼ぶところだ。ごろごろと大小の岩石が大量に積もっている。うっかり行くと水が大量に染み出てきてずぶずぶと沈むとか、岩石が崩れて帰れなくなるという言い伝えがある。

実際に探索に行ったのか、うっかり迷い込んだのか、かつては死人や戻らぬ人がいたとも伝わる。だから、子供は一切そこへ足を踏み入れてはならないと、親たちからきつく厳命されていた。

青年になった武助は、ある夏の日、その「ずり山」と通称されているあたりに、はじめて恐る恐る入った。歩を進めるたびに石や砂礫を踏む音と、石が移動してじゃっじゃっと衝突

し合う音が地表から発せられるが、それ以外には物音ひとつしない世界である。

自然にできた山と違って、大小不揃いな石が積み上がり、木はまばらで、石の間に草が顔を出すすきまさえない。時々足下の石が崩れ、滑りそうになる。

石は角張ったものばかりで、丸い石はほとんどない。黒っぽいもの、幾分紫がかったものが多いが、よくよく見ると、白い粉をふくもの、粉というより白い模様が入っている石もみかけられる。薄茶、赤茶、灰白色を基調としたものも混じっているし、緑っぽい光沢を放つ石もあって、飽きずに拾っては眺めていた。

武助が、岩石の間に、辺縁に多数の棘状の突起がある黄色調のものを見つけた。石にしては軽く、筒状で中には一部砂礫が詰まっているようだ。変わった石だと拾い上げて観察していると、

「それは人骨か」

後ろから突然男の声がした。

人の気配はまったくなかったここで、予想だにしない人の声がしたからなのか、それとも「人骨」というおぞましげな言葉に反応したのか、持っていた石を取り落とした。

鈴懸衣（すずかけごろも）を纏って手杖を持つ山伏か杣人かわからぬ態の男は、見知った顔ではない。男は、武助が取り落としたものをゆっくり拾い上げた。

「人骨ではないな、獣の骨だろう」

独り言ちて、薄く笑った。

「ここにあるのは、みんなズリよ。たまには人骨もあるがね」

「ズリ」

武助はここらがずり山と呼ばれているのは知っているが、ズリとは何かは知らなかった。

「ズリよ。鉱山から出てきた無用の岩石よ。向こうの沢のほうに行けば」

男は、杖で右手奥を指し示した。

「坑口が見つかるかもしれん。素人には難儀だがついてくるか」

言葉つきがこのあたりの人間でないことを語っているが、体つきはがっしり精悍な感じなのに、声はやさしい。武助は悪い人ではなさそうだと直感し、好奇心が湧いた。

ついて行くと、微かに水の流れる音が聞こえる。音に近づくように男は進む。早い。やっとの思いで追いつくと、沢に至った。

男はそこで待っていて、百年も前のことらしいが、と口を切った。

「このあたりの鉱山で、徳川幕府金山奉行の田沼氏の下で試掘した記録がある。田沼坑というのだが、時々暇を見て探しに来てみるのだが、それだと言えるものは見つからない。だが、この間廃坑になった坑口らしきものをこの上流で偶然見つけたのだ」

嬉しそうに語る。そういう宝ものは秘密にしておくものではないかと、武助は思ったが、次の言葉で疑問は氷解した。

「田沼さまは金山を探していたが、この鉱山は質が悪く、試掘段階でさっさと放擲してしまったのだ」

そんな話をしながらも、馴れた足取りで沢を上って行く。

沢と言っても水量は多くない。筋状の流れの両脇は岩石が屹立し、木々も茂ってはいるが、倒木が多い。まだ緑の葉を残す倒木もあるが、大抵は枯れて倒れたか、倒れて枯れたものだ。高い斜面と木木は、天の明かりを隠して昼なお暗い。

男に引き摺られるように半刻（約一時間）ほど進むと、幾分今までとは違った景色になった。

折り重なる倒木の間から、急斜面の上に人が何人か立つことのできそうな、台状の空間が見えた。岩石や繁茂する木々でほとんど見えなかった空も、台の上方に広がる。

その地形は自然の中にあって、なんとなく人の手が入ったにおいが漂う。

「あの上まで登ると坑口らしきものがある。だが、こんなにゆっくり行くと、帰りは暗くなって足元が悪くなる。それに迷ったら大変だ。自分は、これから別の山へ向かうから、あんたを送ってはいけない。ここらでそろそろ引き返したほうがいい」

ここまで連れてきて随分とにべ無いことを言う。

「興味があるなら、また何度でも来ればいい。土地の財は、その土地の者で育んでゆけばいいのだ」

男は、謎の言葉を残して去り、二度と現れなかった。

この日を境に立里鉱山への武助の関心は一気に高まった。

武助は、空海が悟りを開いたところには、必ず鉱脈がみつかるという謂われがあるのを知っていた。お大師様の並々ならぬ法力のなせる業だと、語る者もいる。

実際、金剛峯寺や伊勢神宮や、四国遍路の霊場近くには水銀や金銀の鉱脈が見つかっている。

やがて、父親から武助の代になると、鉱脈を探索する行脚がはじまった。それは、私財を投じて人を使い、古文書や古地図を探し出して検討する作業だった。

立里荒神は、空海が特段の畏敬を払ったところであり、そこに鉱脈が隠されていることは間違いないと、武助は古文書に当たって意を強くしていた。

絵図面を完成させ、ついに京都二条家に試掘願いを出したのはそれから十年も経ってからである。

武助が生涯をかけて夢見た鉱脈探し。何度も出された試掘願いは、しかし軽んじられ、結局許可されることはなかった。

だが、武助の執念の記憶だけは、この土地の隠された物語としてしぶとく伝承された。

ついに陽の目をみるのは明治になってからである。

立里村玉石小八郎、池津川村林文平という二人の地元の有力者と、山のことをよく知る栗山藤作らは共同して、開坑への調査と算段を重ね、明治十年頃に操業が開始された。

準備には莫大な資金がかかったが、栗山らの紹介で、大阪の商人森清之助、中井新八らが大いに協力したようだ。

この中で、発起人の一人である林文平は、花谷ゆうの実家である。それゆえ、まだ若かった花谷伊太郎は特別な優先株を入手し、立里鉱山に莫大な投資をした。

この鉱山は明治十三年ごろには月産九万斤の素鋼を算出するまでになり、盛況は明治三十三年ごろまで続いた。

鉱山で衣食するものは、一時数千人に上ったとする記述まであり、この地域に一時的にせよ、相当な潤いをもたらしたことは間違いない。

伊太郎は立里鉱山の成功で、相当な利潤を得た。それに味を占め、彼は四国や朝鮮の鉱山株も次々入手し、多くの株を所有した。

花谷伊太郎、ゆうが夫婦になった時期は、立里鉱山への投資が始まる時期とほぼ一致する明治のはじめのことである。

花谷の姓は、村役人として池津川村の村役人として四番屋敷を拝領した時に、苗字帯刀が許されて以来のものである。

誰がいつどのようにしてその苗字を付けたのかを知ることはできないが、「野迫川村史料北股古文書」の中の「紀和国境に関する文書」で、ちょっと目を引く記述がある。

紀和国境、つまり高野山のある紀伊国（和歌山県）と野迫川村が属する大和国（奈良県）の国境に関する文書である。境を抜ける道筋が七か所あり、その第二に、

大和国吉野郡池津川村紀伊国高野山蓮花谷（れんげだに）木戸口へ越える道を「池津川越え」として見えるのである。

池津川村と高野山をつなげる貴重な記述であるが、この文章少し遠ざけて眺めてみると「花谷」の二文字が目立たないだろうか。

しかもこの蓮花谷、地名となったいわれがちゃんとある。

――明遍上人を凝（こら）しし時蓮花三昧に入りけるに所観の蓮花漸々（やくやく）開発して光明赫灼（こうみょうかくしゃく）此谷中を照らししに因（よ）りて終わりに地名となりけるぞと（井村眞琴「高野のしをり」より）

蓮花谷は、高野町の地蔵院、遍照光院の裏手に今なお地名として残っている。

2 檀家

花谷伊太郎、ゆう夫妻は三人の子宝に恵まれた。

長男仙太郎は明治十一年（一八七八）九月一日に生まれた。次の子を授かるのに二年以上かかった。

長女保枝(やすえ)は同十四年十一月十二日、次女はるは同十八年五月二十九日に生まれる。

古来より、ここ池津川に生まれた女は、生涯お大師様の恩徳に与かるという言い伝えがあるから、格別にめでたいこととして男児と変わらず、奥吉野の大自然のふところに抱かれて大切に育てられた。

明治以降、西洋に倣って初等教育の必需性が叫ばれ、その波はこんな山深い村々にまで及んできた。

明治五年（一八七二）に学制が公布され、明治八年には野迫川地域に三校が開校、十年には池津川三四七番地に池津川尋常小学校の仮設校舎が設立された。

仙太郎は教導（教員）一人、児童は数人だけの小学校に通った。

伊太郎は長女も次女も小学校に通わせた。明治三十三年（一九〇〇）までは授業料の支払いが必要だったこともあって、小学校に通う女子は地域の分限者（ぶげんしゃ）、有力者の家くらいで、まだまだ限られていた。

小学校全体でも、児童数は十人に満たない。女子児童は、はじめは保枝と、親戚で同じ年のヤエのふたりきりだった。

ヤエの家は池津川を隔てた向こう側にあった。

ヤエの父、中田鉄太郎も農家であるが、花谷の遠い親戚だという。家に伝わる武智流の柔術に長けていて、屋敷の広間を道場にして周囲の子供らに稽古をつけていた。

武智流の起源は不明であるものの、寛政年間の庄屋、理右衛門が習熟していたあの柔術の流儀である。理右衛門と鉄太郎は直接の家系のつながりは確認できないが、同じ村役人の家系として伝えられた可能性はある。

保枝もその道場に通い、ヤエとともに熱心に柔術を習っていた。

鉄太郎は、保枝もヤエも、形稽古（かたげいこ）がとても美しいからと、皆の前で手本を示させたりした。

だが、実戦は形だけでは不十分で、あとは筋力と気合が加われば、決して男らに劣るものではないことを、口癖のように唱えていた。筋力では男に勝るのはなかなか難しいが、集中力は女でも身につくはずだと確信している。

ある時、柔術が好きでたまらない保枝は、男に勝りたいと鉄太郎に尋ねた。

「どないすれば、集中と気合が身に付きますのんか」

そうやなと腕組した鉄太郎は、

「保枝は薪割りをするやろ」

「はい」

「それを利用するのがええ」

保枝は鉄太郎の教えを、姿勢を正して聞く。

「薪割りは力任せにするもんやない。真太い玉切りを割るんは、ただまん中から割ればええというもんとちゃうんや。ちいと裏庭に出てみい」

鉄太郎は保枝を裏庭の、薪割り場に誘った。

薪小屋からコナラかと見える直径一尺五寸ほどもある玉切りを持ち出してきて、薪割り台の上に据えた。

「保枝、どこに斧を入れるね」

そう聞かれて、保枝は玉切りを上からと横からと眺めてから答えた。

「ここらへんです」

「なんでや」

「ここに割れができてますさかい、この筋なら、割れそうです」

「その通りや。いったい誰に習うたんや」

人のやりようを見て身に着けたのであって、保枝は誰かに習った覚えはない。

「保枝は、聡(さと)いのう。ヤエとは大分違うな」

「そんなことはありません。ヤエさんは賢いです」

保枝が答えると、

「まあ、二人とも池津川の宝やさかい。どっちも賢いことにしておこう」

鉄太郎は破顔しながら、

「そんなら、今保枝が言うたところに寸分違わず斧を打ち込んで見てみ。印をつけておくさかいな」

小刀で印をつけた。

保枝は、そこを目がけて、斧を打ち下ろした。

パキンという音とともに薪が割れた。

「ほう、見事や、といいたいが、どないかな……」

　鉄太郎は落ちた薪を拾い、

「どうや、保枝」

　つけた印が残っている。

「あ、ずれとる」

「そう、集中が足りんからや。次はどこを割る」

　鉄太郎が残りの玉切りを指さした。保枝は迷って、ここですかと聞いた。

「いや、そこは難しい。ここに枝が出た後があるやろ、枝は中から出て節になっとる。それは避けなあかん」

「ほんなら、ここに斧を入れます」

「よーし、そうや、ここや」

　鉄太郎は再び印のために傷を入れた。

　保枝は、慎重にその傷を目がけて、斧を打ち下ろした。今度は、命中したように見えた。しかし、薪は割り切れず、斧は中途で引っかかった。

「うん、今度はよう集中したが、力が伝わらんと割れんかった。気合不足やな」

　保枝は素直に納得の表情で頷く。

「薪割りひとつでも、集中と気合が修練できる、家で繰り返しやってみい」

保枝は、明るい表情ではいと返事をし、

「ヤエさんもしていますか」

競い相手のことを聞いた。

「薪割りはしとるがな、修練になっとるかはわからんなあ。保枝のように聞いてこなければ、自分の子やいうても教えてやらんさかいな」

鉄太郎は、そう言って屋敷に入っていった。

西日が小さな主役に長い影を作った。保枝は中田道場の裏庭で、いま暫く薪割りに集中してから、あたりを乱れなく片づけ、池津川を渡って家路についた。

花谷家の薪割りは、もともと仙太郎と保枝の仕事だった。二人の間で話し合って、数日に一回、当番を決めてしていたのである。

ある時から、保枝はこの仕事は自分が専らやると言い出した。保枝の目論見を知らない仙太郎は、むしろ喜んで、妹にすべてを任せるといった。

薪割り場では、今までとは違った情景がみられた。数日に一度だった薪割りは、よほど天候が荒れている日以外は、毎日行われた。

それまでは、一日にまとめて多くの薪を作って蓄えておくやり方だから、いわば大量生産であった。大まかに割れればよく、形や大きさは不揃いでもいささかも構わなかった。

保枝は、柔術の修練の一部として重きを置いているので、毎日毎日少しずつ、目標を決めて慎重に、精確に薪割りをした。

一日にできる量は減ったが、思い通りの形や大きさにできれば満足だった。

今までは、雑然としていた薪置き場も、見た目にも、形と大きさがそろって並べられるようになった。

雨上がりの晩夏の裏庭。学校から帰った保枝が黙々と薪割りをしている姿を、じっと見ている男がいた。

男は作業の邪魔をしない配慮なのか、作業場から三間（約五・五メートル）ほど離れた大きな二本の槙の間に、精神修養でもしているかのように、音を立てることなくすっくと屹立している。

年齢は、三十前後であろうか。おおむね五尺三寸（約百六十五センチメートル）の上背を持つ体躯は、木蘭色の如法衣で隠されてはいるが、厳しい修練を経た肉体を宿している。

精悍な顔つきの中に垣間見える柔和さは、どこまでもこの人の自然体を感じさせるものだ。

バシッという跳ねるような澄んだ音で、薪が一つひとつ割れてゆく。

気温は低いのに、首に巻いていた手拭いで額の汗をぬぐった保枝は、何か気配を感じたのか振り返った。

「あ、和尚様」

「気付かれてしまいましたな。常とは異なる薪割りの姿に、つい見とれておりました。保枝さんの薪割りは精神が統一されています、見ていて心地がええ」

　和尚は、童子である保枝を、保枝ちゃんとか保ちゃんとか呼ばず、きちんと保枝さんと呼ぶ。

「これ、師匠に教わった修練なのです」

「ははあ、中田柔術道場の鉄太郎さんですね」

「はい」

「師匠も教え方がうまい、弟子もそれを忠実に実行する。申し分がありません。今度私にも薪割りを指南してください」

　保枝には、和尚様が薪割りをする姿はとても想像ができず、目を丸くした。それを悟ったものか、

「保枝さん、寺でも薪は必要です。ですから、私たちも薪割りをします」

「和尚様がですか。寺男の仕事ではないのですか」

「寺男たちも、何やかや境内のことや、他出の用で忙しい。そういう時は、私たちもやるの

です。保枝さんのようにきっちり薪割りをすれば、それも修行にもなりますから」

と破顔して付け加えた。

「お父上がおられたら、ちょっとお願いごとをしようと思って、立ち寄りました。今日は、おいでますか」

「はい、おります、表にお回りくださいませ」

保枝はそう丁寧に返事をしながら、走って裏口から屋敷内に消えた。

年に数回、和尚は池津川村に一人でやってくる。すると、決まって花谷家を訪れて、伊太郎と話し込む。そこから、たいていは伊太郎とともに村を一回りしてくる。

近頃は、道案内と称して長男の仙太郎も連れて一回りしてくることが多くなった。これは、和尚が希望したのか、伊太郎が仕向けたのかわからないが、仙太郎に荷物運びをさせながら和尚がする道話(どうわ)が、十二歳を過ぎた花谷家の跡取りの糧になっていたことは間違いない。

この僧侶は、のちに高野山の傑僧と呼ばれる法性宥鑁(ほっしょうゆうばん)、その人であった。

「法性」とは聞きなれない姓である。

明治のはじめ、明治政府は廃仏毀釈(きしゃく)を決め、出家者には還俗(げんぞく)を強いて、その証に苗字をつけることを命じた。

金剛峯寺を「弘法神社」とせよなどという指示もあったといわれる。

その頃、金剛峯寺の座主となった研暢（けんちょう）は、姓を「降魔（ごうま）」とした。降魔とは、悪魔を降参させるという意味を持つが、「魔」は薩摩の「摩」につながるから、新政府を暗に批判した姓だという説もある。

この頃高野山は、「名僧知識雲のごとく集まり居る」時代であった。

研暢のほかにも、「釈尊の弟子だから」と姓を「釈」とした釈良基、裏山の名称から姓をつけた高岡増隆（ぞうりゅう）、修行のために籠っていた山の名前からとった獅子岳快猛、「十方化（とぼけ）」という姓をつけた釈迦文院の宥盛など、明治政府に静かに抵抗する姿勢で苗字をつけたものが多くいた。これらは、法性宥鑁の師となるような高僧たちで、「法性」という変わった苗字もその流れかもしれない。

その法性宥鑁は安政七年（一八六〇）一月二十一日に新潟県（当初は福島県）東蒲原郡三川村宇佐美家に出生したが、いわゆる口減らしのために十一歳にして郡内の玉和泉寺に出家、翌年高野山に登り、加行（けぎょう）、灌頂（かんじょう）を受けている。

池津川村のあたりは、高野山地蔵院の檀家が多い。

江戸時代以降の檀家制度は、寺院（檀那寺）と各家を結び付ける非常に強固なもので、普段から参籠（さんろう）、法要、墓参などを通じてお互いに密接な付き合いをしていた。

江戸時代には、高野山に菩提寺を求める大名は多く、地蔵院は常陸国下妻城主多賀谷家、丹波国福知山城主稲葉家、大和国高取城主本多家、伊勢国津城主藤堂家などが菩提寺とした。城主自らが参籠する機会は少なかったが、藩士が代参する折にはその寺を必ず宿坊とした。それだけでなく、各藩からは高野山で修業したい若い会下僧が送られてきた。

この時点、地蔵院の住職は法性宥鑁である。彼は先ごろ、地蔵院に隣接し、津軽家と檀縁深い遍照光院の正住職に任じられたが、同時に、地蔵院、蓮花三昧院の住職も兼ねていたのである。

寺院に籠って滅多に他出しない住職もいるが、宥鑁は職務の空く日は、朝の勤行が終わると山から下りて、努めて檀家回りをした。

地蔵院から池津川村まで、雪がない時期でも、大人の足で四時間はかかる道のりを、法性宥鑁は如法衣姿で苦もなく訪ねて来るのである。

裾には泥跳ねのあとはあるものの、汗ばんでいる様子は少しも見えず、常と変わらない表情である。

よく村にやってくる宥鑁和尚のことは、年に何度か高野山の地蔵院にお参りに行った折にも拝顔するので保枝はよく見覚えていた。ただ、寺でも、村でも両親や兄とは話はしても、まだ小さな保枝とは、ほとんど言葉を交わしたことはなかった。

今日の薪割りの場面が、保枝が和尚と初めて話をした、最初の記憶となった。

宥鑁は、檀家の多い村々を朝駆けの駄賃とばかりに軽々と回って、村人たちに気軽に声をかけてゆく。

そういう気さくな僧には、人が集まり、何かにつけて村人の相談役、行司役になる。檀家の家族のことはもちろんのこと、正式な檀家でなくとも、持ち込まれた村人のさまざまな厄介に力を貸すことを厭わなかった。

この日、宥鑁が花谷伊太郎を訪ねたのも、この村の檀家ではないが、池津川村の村人の一人が、先ごろ亡くなったことがきっかけであった。

三かほど前のことである。池津川村に住む谷岡作造が三十六歳の若さで、はやり病で他界してしまった。谷岡の家の耕地は狭く、冬の副業というより、本業として高野豆腐作りをして糊口をしのいでいた。

高野豆腐作りは幕末ごろからこの地で行われており、最初に技術を伝えたのは、高野山で伝習した柞原(ほそはら)村（池津川村の約一里北方の集落）の大岡万平という人であった。

大釜で大豆を沸騰させ、凍り豆腐にしてゆく作業の過程は、屈強の男でも重労働であり、しかも微妙な塩梅を習得した者でなくてはできなかった。

それでも、作物だけでは生活してゆけないこの地域の村人たちは、その技術を習得し、次第に広められ副業になっていった。

谷岡の作造は高野豆腐作りの腕利きであった。

妻のテルは池津川村のどの女よりも健脚といってよく、豆腐の材料を高野山から運搬し、出来上がった高野豆腐はオイソ（藁で編まれ、その中に布が編みこまれた荷を担ぐ用具）に入れられて高野山に持ってゆく仕事を女手一つで引き受けていた。

テルが高野山に売りに行く経路は、以下のようなものであった。

池津川村の村はずれに豆腐屋があり、まずそこから「ハッチョザカ」と呼ばれる急坂を登る。次にブナと呼ばれるところを通り、地蔵尊、不動尊が祀られている金毘羅峠を目指し、桜峠に抜けて高野山に入るのである。

帰りは、原料となる大豆、にがり、米などを高野山で仕入れて運搬してくるので、往復ともに重い荷を担うかなりの重労働である。

ある冬の日、テルは高野山からの帰途、難所の金毘羅峠の雪道を急いでいた。頭には手拭いをかぶり、上はハンコと呼ばれる甚兵衛のようなものを着、下は短いオコシを二枚つけて、紺の布の脚絆、足袋に草鞋（わらじ）という身ごしらえである。オコシの裾は、寒さでかちかちになり、止まれば服も体も同じように凍ってしまう気がするほどであった。

道の西側は、雪が高い塀を作っており、寒風が吹きすさんでくる。一層狭くなった曲がり道で、岩を避けるように歩いていたところ、荷いっぱいに背負っていたオイソの一部が、脇の雪塀にかすかにぶつかった。

狭隘(きょうあい)な道なのでそのようなことは頻繁にあることだけれども、この時は、運悪くぶつかったところの塀がテルの身体に体当たりするように突然崩れ落ちてきたのである。

そのはずみで反対側の雪塀に押し付けられるような形でテルは転倒し、雪まみれになった。

何とか脱出したが、疲れ果て、引き摺るように村へたどりついた。

腰を激しく打っていたらしく翌日は起きられず、以後は立ち上がることはできても歩行がままならなかった。

以来、テルのこの重労働は、まだ体ができているとは言えない九歳になったばかりの栄作が引き継がざるを得なかったものである。

貧しさで十分な食が取れない栄作は小柄で、とても母のように一度に大量の荷を運ぶというわけには行かなかった。代わりに何度もこの道を往復することで凌ごうとしていたが、追いつくはずはなかった。

彼は小学校にはじめのうち数回通っただけで、その後は間遠になり、テルが倒れてからは行けなくなってしまった。

宥鑁は、父親が亡くなって高野豆腐を作れなくなった谷岡の母子を、何とかしなければならないと、伊太郎や、花谷ゆうの実家でもある村の資産家、林家や、やはり村の惣代を任される家系で、次世代には花谷家と親戚関係になる中西家など、池津川村の有力者に相談に来ていたのである。

この日は、宥鏤と伊太郎との話し合いが終わると、二人そろって出かけることになった。伊太郎に、

「保枝、お前も支度してついておいで」

と命じられた保枝は、なぜかわからなかったが、ちょうど兄仙太郎が出かけていたので、その代理だろうと思ってついて行った。

歩きながらの宥鏤と父の会話の中に、谷岡とか、栄作の名前が出てくる。谷岡の父が他界したことを知っていた保枝は、それに関連したことで和尚様は池津川に来たのだと悟った。

それにしても、宥鏤和尚は池津川村の住民のことを、よく知っているのに保枝は驚かされた。姓名は子供に至るまで知っているし、その家の活計（たつき）も了解している風であった。

山下のおばあさんは腰が悪い、岸田の主人は去年中風で倒れたと、村人たちの健康状態まで熟知している。

それに、村々の水枯れや、風水害や、各家の生活の様子まで、具（つぶさ）に心を馳せているのが伺われる。

保枝は、そんな宥鏤の気配りが心に沁み、人物の大きさを仰ぎ見る思いであった。

日が傾きかけたころ、水量の少ない池津川沿いの道を紫園方面に向かっていた一行は、道から外れ、突如左に鋭角に曲がる林道を上った。すぐに行き止まりになったが、右手のブナ、ミズナラの林の合間に粗末な家が垣間見えた。谷岡の家である。

家というよりも、ようやく雨風を凌いでいる小屋というほうが当たっていよう。

家の前の狭い草地で、栄作が近所の就学前らしい幼児二人の面倒をみていた。

一人は五歳くらい男の子か、もう一人はまだ歩行が覚束ないのに、兄と見える子の後をよちよちと一所懸命追いかけている。

何か栄作が言うと、幼児たちは無邪気に何度でも笑い声を立てながら遊んでいる。

栄作は大人二人と、保枝がやってくるのを見つけると、一瞬驚いた様子をみせた。

保枝は、顔見知りなので、近寄って行こうとすると、栄作は二人の幼児を連れて逃げるように森の奥手の方に隠れてしまった。そこにははっきりした道はないが、あたりの人が踏みしだいて無理やり作った林中への通い径(みち)があるのだった。

保枝は、どうしようかと問うように、和尚と父の顔をかわるがわる見た。

「まあ、放っておきなさい」

父伊太郎は答えると、二人はさっさと谷岡の家の前に行き、お訪(とな)いを告げた。

テルが戸口から不審そうに顔を出した。伊太郎の顔をみて、愛想笑いをしたテルだが、脇に僧侶がいるので身構えた。

　伊太郎が宥鑁を紹介し、作造さんが亡くなったんで、谷岡母子のことを心配されて訪ねてきてくれたのだと話すと、今度は恐縮したようにテルは頭を深く下げた。

　家の中は客人を招き入れるような佇まいでないからか、テルがどうしたものか躊躇していると、

「構わん、構わん、話はここで、立ち話でええさかい」

　伊太郎は、テルの躊躇を察して笑顔を作る。

「栄作は元気そうやったな。学校にも通わせなならん思うてな、今日は娘の保枝も一緒や。栄作の一級上やからな」

　後ろに控えていた保枝は、テルに頭を下げた。そして、なるほどそういう意味があったのかと得心した。

　三人が大人同士の立ち話をしているので、保枝はさっき栄作が二人の子供を連れて行った方の山道に行ってみるつもりで、数歩行きかけた時であった。

　山道の奥の方でギャアと、火のつくような子供の泣き声がした。

　保枝がそちらの方へ走って上りかけると、栄作が二人のうちの小さい方の子を抱いてドタドタと必死の形相で、山道の奥から飛び出てきた。

栄作は保枝の顔を見ると、何も言わずにその子供を押し付けるようにして預け、着物が肌蹴るのも構わず速度を上げて自宅のほうに駆けながら、

「おかあん、おかあん、しぶしぶしぶしぶしぶ……」

と声を上げている。

保枝に預けた幼児はべそをかいて泣き声を発してはいるが、もっと激しい泣き声は、山道を登ったずっと奥の方から間断なく聞こえる。

不得要領ながら、事件は奥の子供に起こり、栄作はもう一人の幼児に危害が及ばぬように抱いて連れてきて、保枝に預けたものではなかろうかと推し量り、その男児をしっかり抱いて事件現場のほうに、ゆるゆると近付いた。

まもなく、栄作を先頭に、伊太郎と宥鑁が戻ってきて勢いよく保枝を追い越して行った。その後ろから足を引き摺るテルが、それでも足早にやってきて、保枝に追いつき、

「ヨシ坊が、蝮（まむし）にやられたんやと。気い付けえ」

栄作が面倒をみていた二人の幼児のうち、ヨシ坊と呼ばれる上の男の子が、蝮に咬まれたのに違いない

幼児を抱きかかえた保枝が現場にゆっくり近付くと、栄作が自分の着物の帯で縛って血止めをしたヨシ坊の左脛に、家からいま持参した茶褐色の何かを塗っているところであった。

あたりに、蝮がいる様子はない。

テルが栄作に聞く。

「ちゃあんと、吸い出したんか」

「ああ」

「ほな、一度血止め緩めてみい」

「ああ」

栄作は、小声で「ああ」と呟き、言われた通り止血の帯をほどいた。

傷口から、塗り込んだ茶褐色のものを超えて血が滲み出してくる。

「足らんやろ、もっともっと血絞って、吸うんや。シブはたんとあるさかい」

テルは命じるが、自分で手出しはしない。

栄作は繰り返し血を吸っては、ぺっぺと吐き出す。ヨシ坊はその度に激しい鳴き声を出すが、事態の重大さがわかるのか逃げはしない。

保枝は、茶褐色のものが「シブ」と呼ばれるものだと気づいた。

宥鑁と伊太郎は、黙然と二人のやりとりを見ている。栄作の俊敏な動きを呆然と眺める訪問者たちに、現場の二人、いやテルを含めた三人の間に口出しも、手出しもできる隙間はないのだった。

「も一度縛るんや、栄作」

再びテルが命ずると、栄作は素早く傷の上位を縛って止血した。テルは来るときに用意したのか、水を張った桶から柄杓で掬（すく）った水を患部にかけた。

「これで、大丈夫やろう。栄作、たんとシブを塗らんか」

大人たちが集まり、大丈夫の声を聴いて安堵したのか、泣き止んだ。

「いてえか」

栄作が聞くと、しゃくりながら首を振った。

「静かに連れていって、家の中で休ませや」

テルがそう命じると、栄作がヨシ坊を抱き起そうとした。

それを見ていた宥鑁は、大きく頷くと、栄作からヨシ坊を受け取り、軽々と抱きかかえて、今来た道を下って行った。

保枝に抱かれていた弟は、身体をよじって、下におろすことを保枝に要求した。ようやく栄作の手が空いたのを知って、彼のところに駆けよっていったのである。栄作は二人の男児からすっかり信頼を勝ち得ていた。

ヨシ坊を谷岡の家へ連れて行って寝かせた宥鑁は、タエと栄作に、ヨシ坊にたくさん水を飲ませて、僅かでも入った毒を薄めるようにと助言した。

栄作が蝮に気づいて、蝮の首を背後から攻撃してから放り投げたらしく、ヨシ坊の傷は深傷にはなっていない。処置が迅速だったから、全身に毒が回るようなことはまず起こらないだろう。それでも、蝮毒は油断ならなかった。

谷岡の母子は高野山への往復で、山に棲む蝮のことはよく知っており、修羅場には慣れている。この処置は、現代の医学に照らしても、実に適切だったのである。

「高野山の山中には、昔から蝮が出まして、そこを通る杣人、山伏、旅人たちが時々やられます。時には、農家の子供たちに被害が出たりします。そういうこともあって、この辺りでは蝮にやられた時の対処がいろいろ知られています。『シブ』もそれで、渋茶や渋柿で作っておいて、各家に保管され、山へ行く時に持ってゆくのです」

帰路に、宥鑁が解説してくれた。

保枝は、「シブ」というものを知らなかったし、何よりも、自分より年若の栄作の見事な手際に、感銘を受けたのであった。

シブにはタンニン酸が含まれ、これはタンパク質凝固作用があって蛇毒を不活化させる作用が期待できる。そういう理論は当時わからなかったかもしれないが、確かな庶民の知恵であった。

3　尋常小学校

宥鑁と池津川村の有力者たちの計らいで、谷岡栄作は、高野豆腐を作っている別の家へ見習いとして出入りできるようになった。母テルも肢体が不自由ながらも、日にち薬で自分の家の猫の額ほどの耕作地の世話なら、何とかできるまでに回復した。

栄作は、これからは最低限の学問をしておかなければ、谷岡家の長男として困るだろうという宥鑁の配慮で、高野山への往復よりも、小学校へ通うことを優先させることになった。

こうして、保枝より年齢は一つ下の男子児童が、池津川村の小学校に加わったのである。

明治二十四年（一八九一）、すでに野迫川村立となっていた池津川尋常小学校の全児童数は七人にすぎなかった。

小学校は最高学年が四年生だったが、その上に高等小学校が二年間あり、この時、花谷保枝、中田ヤエは高等小学校一年であった。児童数が少ないので、尋常小学校と高等小学校が同じ教室に学び、西田一郎校長代理が全員を教えていた。

西田の温厚で陽性な性格は、子供たちに好かれ、にぎやかな教室であった。一郎の妻女も、子供好きの朗らかな女性であった。無資格ながら、このころ黙認されていた代用教員として手伝わざるをえない状況で、夫ともにこの小学校に嬉々として勤めた。

小学校の最高学年、四年生までに学ぶ科目には復読（ふくどく）、書取、習字、算術、読物（よみもの）、体操などがあった。

その四年生に新たに加わった谷岡栄作の読み書きは一、二年生と同じ程度にしかできなかった。

これまでほとんど学校には通えず、かつかつの暮らしの中では、家で読み書きを学ぶと言った食い扶持以外のことをする機会には恵まれなかったから仕方がない。西田もそれを弁え（わきま）ているから、はじめから無理なことは求めず、カタカナから教え始めた。

明治二十三年（一八九〇）には「教育ニ関スル勅語」（教育勅語）が発布され、復読の時間には、児童全員で声を出して読むことになった。

——チンオモウニ、ワガコウソコウソウクニヲハジムルコトコウエンニ、トクヲタツルコトシンコウナリ。

西田が読み始めると、一同が和す。意味は何度も復唱しているうちに、わかるようになるのだ、という先生の説明であった。

孝行、友愛、夫婦の和、朋友の信、謙遜、博愛、など十二の徳目を唱え、三百十五文字の文章が結ばれ、最後に明治二十三年十月三十日、御名御璽(ぎょめいぎょじ)で終わった。

難しい漢字にも振り仮名がついているので、栄作もようやく覚えたカナを追いながら小さな声で和す。

「よし、座ってよろしい。三年生以上の者は、来週までに暗唱してくるように、ええな」

西田が言うと、席に着いた八名の児童のうち、三年生以上五人が元気に返事をした。

「栄作、大分字が読めるようになったようやな。練習に一人ではじめから読んでみるか。はい、きりーつ」

突然指名を受けて、立ち上がった栄作は、机上に開いていた冊子を手に持った。

「ち、ちん、ちん――――」

栄作はか細い声で、そう言った切り先へ進めない。声が思うように出ないのである。はじめ口をパクパクしていたが、やがて顔を真っ赤にして俯いてしまった。

「なんだ、ちんちんやないよ。どないした栄作、お前ちんちんついてるんやろ」

教室内に漏れていた失笑が、やがて子供たちの馬鹿笑いになった。

「やかましい」

西田がいつものように一喝すると、ぴたりと静まり返った。

この屈託ないやりとりが、西田教室の人気の秘密でもある。

俯いたさきほどの姿勢を全くかえることなく、栄作はじっと固まって激しく傷ついている。

「まあ、ええ、栄作座れや。ほな保枝、手本を示してみい」

保枝は、この程度の長さの文章なら、二回も読めばもう暗唱してしまう。

西田自身も、まだ暗唱しきっていないばかりか、皆の前で音読していても時々閊えたりして、咳払いなどしているのに、保枝はいともあっさりと正確に読んでしまった。

「こういう風にやりいや、なあ新吉」

西田は、いつものように、一番お調子者でいたずらが過ぎる三年生の名を、あてつけて呼んだ。

「はいはい」

新吉が返事をする。

「はいは一回」

すかさず西田が指摘する。

「はいはい、はいは一回」

お定まりのやり取りである。

授業終了の合図、おじゃんの鐘が西田の妻女により鳴らされると、西田は起立、礼の掛け声で挨拶して教室を出てゆく。

天気が良い日は、子供たちはおじゃんの鐘が鳴るとすぐさま外に出て、遊びまわるのがいつもの決め事だ。何か遊び方が決まっているわけではなく、ただ無目的に駆けまわり、飛び回る。都会の学校と違って教室に残って談笑する姿はまず見ない。

ただ、その休み時間は、ほとんどの者が教室に残っていた。

新吉がにやにやしながら、栄作の席の前にやってきて、下を向いている栄作を覗き込む。

栄作は気づいて、顔をわずかに上げたが、すぐにまた俯いた。

「おはようさん」

新吉は、いかにも揶揄(からか)いの口ぶりで挨拶する。

栄作は何も言わず、新吉の顔をまともに見ようとしない。

「こっち向きい、栄作」

またも、声をかける。栄作はまた少し顔を上げ、少し面倒くさそうに新吉を見る。

「おい、声出さんかい、栄作」

追い打ちをかける。

下級生の新吉が偉そうに栄作に命令調で接している。尋常でないその様子を、保枝もヤエも気づいている。

栄作が学校に通学するようになってから、まもなく一カ月が経つ。

保枝は、あの蛇事件で栄作の的確で俊敏な行動を見ているから、何となく敬意を感じて彼を迎えた。ただ、男の子に女が気軽く話しかけるなどということは、恥ずべきふるまいだから、話したこともないし、向こうからも話しかけられたこともない。

学校で栄作が他の男子とも話をしている姿を、そういえば見たことがないな、と保枝はふと思った。先生が出席を型どおり取るときに、「はい」という返事は声は小さいが確かにする。あとはまるで、存在していないかのようだ。西田にも単に大人しい生徒だとしか映っていないのだろう。

さきほど西田が教育勅語を栄作に音読させようとしたとき、彼がほとんど声が出せなかったことに、先生も、保枝も、多分ほかの児童も、いささか不思議を感じた。

「ほんなら、いろはにほへとでええから、言うてみい、栄作どん」

新吉は栄作の周りをぐるぐると回りながら、今度は命令調でなく、猫なで声で何とか栄作の口を開かせようと、懇願する。

栄作は、なおも俯いて黙っている。

そうこうしているうちに、授業開始の鐘が鳴らされ、西田の足音が近づいてきた。西田は、教室に入るときがやがやとしているのを嫌い、わざと足音高く廊下を歩いてくる。

児童たちは、うるさくしていると雷が落ちることを知っているから、急いで自席に戻って、次の授業への心の準備をしているかのように神妙な顔で待つ。

二時限目、一年生から四年生までは書取の練習をさせられ、保枝ら五年生は作文の時間であった。

課された作文の題材は、『近頃感心したこと』で、保枝は先ほど思い出した蛇事件の情景を綴ったのである。

次の休み時間になった。

新吉がまた、栄作のそばに寄ってきた。

先ほどのやり取りを周りでみていたほかの男の子たちも、興味をそられたか、取り巻くように近づいている。

「栄作、おまえ口あるんやろ」

新吉がしつこく言い寄る。取り巻きも、その言い方に反応して、

「口あるんか」

とやる。

保枝は、さきほど作文で、いわば栄作の武勇伝を書いたばかりだが、その栄作の旗色が一段と悪くなっているのに、心を痛めてみていた。

「寝とるんか」

黙ってじっとしている栄作の肩を、新吉が揺する。

いたたまれないだろうと、保枝が危ぶんでいると、

「起きて、何とか言うてみいや、口はあるんやさかい」

と新吉が栄作の頭を小衝いた。

その刹那、保枝は現場に走り寄っていた。

「やめり！　新吉、嫌がっとるやないか」

いつの間にか、保枝の横にヤエも来ていて、

「せや、しつこいのもええ加減にしい」

覆いかぶさるように言い放つ。

二人の上級生に咎められ、にやにやしていた新吉の顔から勢いが失せた。

女子とはいえ、柔術を体得している二人には気合が備わっている。

他の者たちも、すごすごと引き下がって、自席に戻った。

野迫川村史によれば、明治十年に仮設された池津川尋常小学校は、明治二十二年野迫川村立となり、四十年には小学校令で尋常科六年、高等科二年となった。

このころ、野迫川村全体では小学校が九校も存在し、明治四十一年（一九〇八）には村全体で四九〇名に届く児童が在籍、子供の数は明治年間に一気に増加していったことがうかがえる。

山奥の村々まで初等教育が行きわたった。ただ、女子に教育は不要といった俗識は根強くあったものの、義務化が浸透してくると、ゆっくりではあるが女子にもあまねく教育が四達するようになってきたのである。

これで、男女とも、都会に住む者だけでなく、日本の隅々から必要な人材が発掘される準備が整ったわけで、ごく限られた集団からしか必要な人材が育たなかった前の時代と異なり、大きな母集団からより優れた日本人が出現してくる可能性が拓けた。

保枝も、そうした一人としてこれからの人生を駆け巡るだろうことは、この時本人も、周囲もむろん考えもしなかった。

ちなみに、昭和二十四年ごろまでは、児童数はかなり維持されていたが、その後次第に過疎化が進み、野迫川村立池津川小学校は、昭和五十四年（一九七九）、ついに廃校となった。その時点での児童数は、保枝たちの頃よりもさらに少ない四人になっていた。

学校のあった位置は、池津川神社の近くで、校門らしき石柱から苔むした石段が校舎への道である。

建物は平成二十五年（二〇一三）になっても現存し、内部の室内の掲示は、廃校時のままに次のような標語が掲示されていた。

「大きな声ではっきりと」

「自分の意見はどしどし言う」

4 憂鬱

高野山金剛峯寺の南、三町（約三百メートル）のところ、上（うえ）の段（だん）と呼ばれるところに老舗料亭「みかげ楼」がある。

高野山に参詣に来た分限者たちが連れ立って、夕刻からみかげ楼に行くと、踊りや歌舞など遊芸の接待を受ける。料亭はその二階の遊郭の出店である。

その流れは、「精進落とし」などと理屈をつけて二階の遊里にしけこむという仕組みである。

楼主は還暦を過ぎているであろう、赤ら顔にすわりの良い超ど級の鼻を持ち、すっかり禿げ上がっている太りじしの男であった。

父親は紀州徳川家家臣だったといい、虎徹（こてつ）だとかいう立派な太刀を自慢するが、その出自を信用する者はなく、虎徹も真っ赤な偽物だという噂だ。

それでも、みかげ楼は地蔵院の檀家になっているから、宥鑁もこの男の顔を見知りであった。

ある日、楼主がふらりと地蔵院に宥鑁を訪ねてきた。いつもながら、微醺（びくん）を帯びている様子だ。

「おや、みかげ楼殿、先般の大火では大変な目に遭われましたな、お見舞い申します」

宥鑁は手を合わす。

「ええ、どえらい肝を冷やしましてん。でも、うちは一部が焼け焦げただけで助かったのや。それより、また寺院合併やそうで、えらいことでおますな」

明治二十一年（一八八八）三月二十三日と二十四日の両日、高野山では別々の火元から出火し、大火になった。

二十三日は一心院谷の南院裏山、二十四日は蓮花谷の恵光院前、増福寺が火元であった。この両日で、国宝、重要文化財などの堂宇、仏像、書画を多数焼亡してしまった。

蓮花三昧院は焼失、地蔵院も被災し、小野篁作と伝わる木造地蔵菩薩立像（重要文化財）も失っている。

これを機会に明治十年以降三回目の寺院合併があり、明治初期に数百の子院（塔頭）があったものが、明治二十八年（一八九五）の時点では百三十寺に減少した。

「実は和尚殿、ちーとばかし困ったことが持ち上がりまして、今日はお願いに参じました」

大火の見舞が段落すると、楼主が切り出した。

「どうされましたか」

楼主は、いつもの陽気さは影を潜め、話の間が開いた。そして思い切るように、

「実は、祈祷をお願いしたいのだす」

「ほう、どういうわけですか」

「松風（まつかぜ）いう、いずれはうちの太夫（たゆう）にしようと思うとった娘（こ）のことだすが、何日も熱が下がらんと、困っております。食べるものも喉を通らず、器量のええ子どしたが、みておれんほど痩せてしもて、衰弱しとる。みかげ楼としては破格の金をかけておりますさかい、このままになってはえらい損なのだす」

みかげ楼が多くの遊女を擁していて、そうした商売をしていることを宥鑁はもちろん知っている。

これまでにも、楼主から病で死んだ女を葬りたいと相談を受けたことがある。遊女の葬式を地蔵院や遍照光院で正式にすることはありえないし、楼主もそんな無理を頼んだのではない。宥鑁は形ばかりの弔いをして、無縁仏として葬る手筈を整えてやっただけである。

今度は病人の祈祷を頼んできた。

宥鑁も松風という遊女の名前は聞いたことがあった。

みかげ楼としては一番の器量よしで稼ぎ頭が、去年死んだ子と同じ巡りあわせを辿ることになれば大損だと、ほとほと困っている様子である。

しかし、さすがに一介の遊女のために、寺をあげて平癒祈祷をするのは憚(はばか)られた。

「祈祷も結構ですが、まずはお医師に診せなければいけませんな。山には中島いうお医師がおられるでしょうが」

宥鑁のいう中島医師とは、明治四十二年発行の「日本杏林要覧」の伊都郡の項に見える「中島秀太朗」のことである。

同書によれば、中島は安政元年（一八五四）生まれ、今年三十五歳になる医師で、住所は高野村高野山六七三となっている。この住所は、金剛峯寺の裏手にあたり、その地で開業している高野山にただ一人の医師であった。

ただ、いつからどういう経緯で、高野山で医業をしたのかを知っている者はない。当時まだ多かった漢方医であるのは間違いなかった。

医制が明治八年に発布されて蘭方、つまり西洋医学が主流になったとはいえ、日本中、隅々まで存在していた漢方医を一気に無資格医師として駆逐することは国としてもできず、申請により一代限りの「医業免許状」が与えられたのである。中島は二十歳そこその年齢で、駆け込みで免許状を得た可能性が高い。

「中島先生は、偏屈者やさけ、わしは苦手なんや」

楼主は頭をかく。

訪ねてゆけば、気軽に診てもらえるという気楽さはなく、山に一人しかいない医師だからか、それとも医術に自信がないのか、なんだかんだと勿体ぶって、偉ぶっている。よほど気が向かなければ往診もしない。

山内（さんない）はいまだに、表向きは女人がいないことになっている。まして、遊女が遊郭を出て、山内を出歩くなどありえぬことだ。

「中島先生なら、拙僧も顔見知りだから、往診してくれるよう口添えしてみましょうか」

宥鑁は親切心で、そう言ったが、いつも強引な自説を披露する中島を、医師として心底信頼しているわけではなかった。

真っ当な医師は大阪に行かなければみつからないだろう、というのが彼の本音である。ところが、楼主からは思わぬ反応があった。

「それがまた困ったことに、松風は医者には死んでも診てもらわん言うのだす。ほんまに苦しんでいるのやから、わいもそうしたろうと思うたんですがな」

「それはまた、どうしてですか」

「和尚様もおわかりの通り、遊郭ですけ、医者はまず『かさ』やろ、思いますや。そしたら、松風はお医師に秘所を見せねばならんのだす」

宥鑁は黙して、音もなく息を吐いた。

「松風は気位の高い女ですさかい、それは死んでもいややと……」

遊郭であれば、「かさ」つまり梅毒は必ず疑われるだろうということは、誰もが知っている。当時の感覚としては、かさは遊女の勲章でこそあれ恥ではなかった。一人前の遊女になるには、その道を通るのは当たり前とさえ言われていた。

梅毒という感染症が、急性期は軽くとも、潜伏して、何年かののちには脳や眼を侵す脳梅毒になって廃人や盲人になったり、心臓などに巣食って命取りになったりすることを理解している医師はまだ少なかった。まして一般人は、急性期を通り越せば治る病だと信じ、治ればもう伝染(うつ)ることはないと思っていた。

遊郭としてはかさにかかれば、妊娠できない身体になるからむしろ好都合なのだ。

遊女が医師に秘所を見せたくないとは、合点できないという表情で、宥鑁は楼主に顔を向けて、次の言葉を待った。

「和尚様は、遊女なのになんでや、とお思いなのでっしゃろ」

宥鑁は曖昧に頷く。

「遊女は、稼業で女陰を開くのは何とも思わんのや。男も女も一緒に肌を出して営みをするのやから、いわば対等や。けども、病があるかどうかだけで、医師といえども男にそこを冷ややかな目で確かめられるのは耐えられんことらしい。とくに、松風のような気位の高い女にとっては死んでもいややっちう気があるのやな」

さすがに楼主である。遊女の気持ちを心得た話なのだろう。

「さっきも言うたとおり、みかげ楼としては大事な大事な女や。祈祷があかんなら、どこへでも連れて行って治してやりたい。お恥ずかしいことながら、何年か前にうちで赤子が生まれたのだす。そのとき、橋本まで産婆を探しに行ったことがあるんや。その産婆が言うておった。このごろは女医者ゆうのもあると。和尚様、大阪まで行けばその女医者というのを探すことができますやろか。女医者なら松風もいややとは言わんと思うのやで」

宥鑁は、大阪や京都に頻繁に出かけるので、その地の事情をよく知っていると思った楼主が、そう願ったのである。

だが、宥鑁も女医者の存在は聞いたことがなかった。実際、医術開業試験を合格して大阪で最初に医籍登録されたのは、明治七年（一八七四）岡山県に出生した福井繁で、登録は明治二十七年である。大阪市東区今橋の緒方病院で、緒方正清（一八六四〜一九一九）の助手を勤めたのち、東区伏見町で開業したのが明治三十二年。

また、陸軍医官の父を持ち、大阪市北区桜之宮に明治八年（一八七五）に出生した荻谷清江が、試験に合格して南区に開業したのが明治三〇年（一八九七）であるから、高野山でこの会話が交わされた時代から、まだ数年以上先のことになる。

福井はのちに、ドイツマールブルグ大学に留学してドクトルメディチーナの学位を得て帰国、婦人科病院たる福井病院の院長に就任している、日本の女医界では、当時「東の吉岡弥生（現在の東京女子医大の創立者）、西の福井繁」と並び称される大物になっている。

「今度、大阪へ行った折に、その筋の知り合いによく聞いてきましょう」

宥鑁は請け合ったが、そんな事情なので、この時点では東京ではすでに二十人近い女医者が存在していたが、大阪では一人として見つかるはずはない。

「ところで楼主殿、近頃いささかいやなことを聞き込んでいるので、折り入ってお尋ねしたいのですが、ひとつ包まずに答えていただきたい」

そう宥鑁が持ちかけると、楼主も赤ら顔の眉根に皺を寄せて構えた。

「困るんやよ、和尚様にそう改められると」

早くも逃げ腰である。宥鑁はかまわず続ける。

「山の若い僧が、医者や旅人を装って楼に出入りしておるという噂があります。まさかとは思いますが、噂だけなのか確かめておきたいのです」

やはりそのことかと、楼主は困った表情で宥鑁を見ている。

「ちゃんと、大阪で女医を見つけてきますし、それが叶わなければ、松風さんのために密かに護摩木を焚きますから、この噂の真偽だけでも教えてもらえませんか」

「和尚様、そう言ってはなんやけど、和尚様というはお取引きが上手になってはあきまへんで」

宥鑁はまだ三十代の、僧侶の社会でのみ生きてきた若者にすぎず、海千山千の楼主からみれば生熟れ(なまな)な青年であった。

「取引いうわけではありません。拙僧も近頃総宰廳(そうさいちょう)の一員になりまして、山の風紀を取り締まるよう言いつかっておりますもので……」

青年は、いくらか剥きになって老人に言い返した。

「ちいと痛いことを聞かれたさかい、和尚様につい言葉がすぎましてん。ご勘弁ください」

と楼主は帰りかける。

「楼主どの、まだお返事を伺っておりません」

宥鑁の声はいささか尖っている。

みかげ楼で「かさ」が出れば、宥鑁にとっては聞き捨てならないことであった。風紀というだけでなく、かさは伝染する病。しかも、梅毒は当時治療法がなく、若くして死んでゆく遊女もいた。

怖ろしいのは、伝染する病が遊里の外まで蔓延ることであった。

宥鑁としても梅毒という病がいかにしてうつり、どういう運命をたどるのかといった知識は限られていたし、どうすれば防止できるのか皆目わかってはいなかった。けれども、「かさ」を山に持ち込ませないことこそが、山の風紀を見守るものとしていま最も大切なことだという直感は働く。

持ち込まれるとすれば、山の近くに住む商家の人びとか、僧侶を介してである。

北伝の大乗仏教には十重禁戒が伝えられ、ここには殺戒、盗戒、淫戒、妄語戒、酤酒戒など、十の重い戒めがある。真言密教においても、その戒律は厳しくされ、とりわけ女人禁制の高野山では淫戒は厳しく、過去に女犯の罪を受けた者はないとされる。

しかし、山に登ってくる若者たちは、自らの意志で仏門に入り、僧侶になることを目指したものばかりではなかった。

宥鑁ももともとはそうであるが、家の口減らしのために、あるいはまた出生の秘密を持った男子がやってくることもまれではなかった。

僧侶の修行は容易なものではない。出家のための得度からはじまり、戒律を授かる授戒、約二百日に及ぶ四度加行、そして、上の三つの行位を成満した真言行者に授けられる伝法灌頂に至る。こうした過酷な修行を経て、ようやく僧侶としての階層を取得することになる長い道のりである。

当然、修行について行けない若者や、覚えの悪い者、ついには脱落してしまう者もいた。周回遅れになっている修行僧にとっては、楽しみも吐け口もなく、日々苦しいばかりであった。

「みかげ楼には確かにいろいろなお客人がみえますねん。せやけど、一見はんはまず楼にはあがらしまへん。昔、毎年高野山に登って来られるお坊さんが、山での修行の最後に楼にお見えになりましたんや。なかなか名のある僧にならはりましたな。お遊びもお話もお上手でしたが、ここ何年かはお見限りになりましてん。お年を召したのやろな」

「では、山で修行中の僧侶は楼には上っていないのですね。それなら一安心です」

「御存じのとおり楼は家ばかりではおまへん。こんまい（小さい）遊女屋はいくつかあるんやによって、そらわからしまへんで。山ではえろ（とても）厳しい修行やさかい、どないしても女のかおりが恋しくなる若者もおられまひょ」

そこが宥鑁の心配の種であった。みかげ楼周辺にある小さな楼をひとつひとつ訪ねて、聞きまわることは、さすがに出来かねた。

高野山から少し下がって、高野山に登って来る参詣者の最後の宿場として栄えた神谷には、当時芝居小屋や遊郭もあったことは今に伝えられており、そこまではさすがに宥鑁の目は届きかねた。

「ところで和尚殿、女犯の罪は大きさかい、若い僧侶は衆道に走るのだと聞いたことがあんねんけども、ほんまやろか」

今度は楼主のほうが、前から聞きたかったことを、この時とばかり聞く。

宥鑁が、渋い顔で無言でいると、

「何でも、衆道を唐の国から持ち込んだのは、お大師様と聞いたことがございまっせ。ほんなら、憚ることのない正道やわな。でも、両刀使いやと、和尚様の心配は、山に広がることになるんやわな」

楼主は宥鑁の表情を見定めながら、薄く笑う。

「お大師様が持ち込んだなどというのは、誰かが都合よく解釈した作り話で、いかなる書物にもそんな話は出てまいりません」

宥鑁は慌ててきっぱりと否定はしたが、後段の二刀流に関しては、まさかとは思いつつも、山の風紀委員としてはなお釈然としないのであった。

5 転進

花谷家は地蔵院の檀家であっても、代々の墓石は地蔵院ではなく池津川の本家の敷地内にある。それが遥か昔から村の決まり事になっている。

山の斜面に墓石は並んでおり、仏花のかわりにどの墓にも高野槇が供えられている。

数ある高野山の規律の中に「禁植有利竹木」というのがある。果実の生る木、花が咲く木を御山に植えることを禁じているのである。

弘法大師は、供花の代わりに高野山に多く自生している高野槇(こうやまき)の枝葉を用いることにした。以来、荘厳なほのかな芳香を放つこの霊木、高野槇の輪生(りんせい)をご仏前に供えるのが、山では慣わしとして定着した。

高野槇は、文字通り高野山や木曽(木曽五木の一)などの山地に自生する日本固有種である。日本で多く見るイヌ槙に対して、本槙とも呼ばれて珍重されてきた。細長い針葉は遠くから見ると両者は一見似ているようだが、樹形も、葉の成り立ちも全く異なる佇まいをみせる。

長枝の先に輪生した短枝に続いて、針葉は十から多いものでは四十五本ほどある。それが円形にあたかも花が開くようにすらりと伸びた姿は、品格が感じられる。

宥鑁も、池津川村に来れば、村のあちこちにある墓石の前では合掌し、荒れている墓を見つけると手入れし、新しい高野槇の形よい輪生を供え、水を上げるのが常であった。

明治二十九年（一八九六）秋、保枝の祖父、嘉平の年忌法要が地蔵院で営まれた。法要が済むと、院主法性宥鑁（いんじゅほっしょうゆうばん）は、花谷伊太郎夫妻とその子供たちを地蔵院の別室に誘（いざな）った。院主は法要のあと、祈祷や儀式にとらわれず、その家族と親しく爾汝（じじょ）の交わりを結ぶことを好み、この日も地蔵院の一室に花谷家の家族を茶に招いたのである。

成長してくる花谷家の子供たちを、遠くから見続けてきた宥鑁は、上機嫌で歓談に興じた。

長男仙太郎はもう満で十八歳になり、花谷家の跡取りとして早くも堂々としていた。

三歳年下の保枝は、高等小学校を卒業してから、柔術ばかりでなく、茶道や琴も修してはいたが、まだ将来は何も描かれていない画布といえた。

「保枝さんは、小学校高等科（高等小学校と同等）を卒業してからは、専ら花嫁修行ですかな。お父上から聞きましたが、随分とたくさんの書物を読んでいなさるそうですね。どんなものを読んでいますのか」

宥鑁は一人一人にやさしく問いかける。

「うち、ナイチンゲール（一八二〇～一九一〇）の生き方に感じ入りました。実は大阪に出て、看護婦の勉強をしたいと思うてます。これから両親にお願いしようかと……」

保枝は、この時とばかり、決意を述べた。両親はそんな話ははじめて聞いたようで、瞠目している。

ナイチンゲールを模範看護婦として持ち上げる記事や書物が、近頃盛んに出現し、日本国民に看護婦というものへの認識を高める効果をもたらしていた。

とりわけ日清戦争以降、日本赤十字社の看護婦が陸海軍病院に招集され、傷病兵の治療や看護にあたったなど、「従軍看護婦」を大いに讃（たた）える報道が一般庶民の目に入ることは珍しくなかった。あの新島八重（故新島襄の妻）もこの時広島の陸軍予備病院に篤志看護婦として従軍し、のちにこの壮挙に勲七等が授けられている。

保枝は、女にこそ与えられている任務としての看護婦に、強い関心を持ち、父親に強請（ねだ）ってC・カルクス著、北山初太郎訳の「フロレンス・ナイチンゲール」（明治二十三年刊）を入手し、夢中で読んだ。

それには、ナイチンゲールの若いころには、父親の領地内の貧民街を訪問してこれを慰め、近傍の鉛山にて負傷した者に懇切なる世話をし、『我が淑女は看護婦医師に勝ること数等なりと言うに至れり』と記している。また、後にはクリミア戦争（一八五二）における看護婦としての功労について記述されていた。

両親も、保枝がそこまで思いを募らせているとは気付いていなかった。

「保枝さんは、取り分けて賢く、健康に恵まれておられるから、その存念は大いに賛同できます。もしも、そこまで考えるなら医者を目指しませんか。東京ではすでに三十人近い女医者が誕生しておるそうです。実は大阪では去年から、私立慈恵病院医学校が発足していて、高等小学校卒業以上の男女に医術開業試験合格のための教育が始まっています」

いつぞやみかげ楼の楼主から、女医を探してほしいと宥鑁は頼まれ、大阪に行ったおりにかなり調べたが、みつけることが出来なかった。

「東京に後れをとっている」

それ以来、関西にも女医師が必要だとの意識が芽生え、調査を続けていたのだった。

宥鑁の唐突ともいえる提案に、今度は保枝のほうが仰天した。

高野山は空海が弘仁七年（八一六）、高野山開創の勅許を得たのにはじまる。唐から帰朝した空海の心にあったものは、貧困と病に苦しむ人々の救済であった。だから、真言密教を通じてこれに尽くしたのである。

古来より人々にとって、貧困や病を救ってくれる拠り所は、信仰であり、寺院にほかならなかった。

中には、病の者たちへの祈祷だけでなく、薬草を与える僧もあった。陀羅尼助という胃腸の良薬を売り歩いた僧がいたという話も伝わっている。

では、高野山に住む人々が病にかかった時にはどうしていたのであろうか。お百度を踏んだり、水垢離（ごり）を取ったり、寺院で祈祷するばかりだったのだろうか。

高野山には寺院のほかに、商売を営む商人や、鍛冶屋、屋根屋、大工などの職人も住んでいた。

江戸時代以降、高野山でこうした仕事をするには、興山寺総分役所の営業許可が必要で、寺院に隣接する長屋で商売が行われた。寺に対して、そうした長屋に住む人や、その建物のことを高野山では「町家（まちや）」と呼んでいる。むろん町家にも女性はいない。いないことになっている。

高野町史によれば、明治十六年頃の町家には、経師、珠数屋、仏具屋、法衣屋などに混じって、「薬屋」というのもあったから、病の人は、薬屋に駆け込んでいたのかもしれない。

中島という漢方医で手におえない場合は、橋本や五條や大阪の病院まで行ったのであろう。この頃高野山の寺院や僧侶の胸の中に、山に僧ではない医師とか薬師(くすし)が存在する姿を、当たり前のものとして想像する空気は皆無といってよかった。

だが、宥鑁は違っていた。

「高野山には、中島いう漢方医師はおられますが、泰西医学をしっかり学んだお医師はおりません。坊主が言うのも変ですが、病はいくら祈祷しても治らぬものは治りませんし、祈祷では、病がいったい何なのか、どうしたら治るのかも一切わかりません。愚僧は、高野山の人びとの健康を守るためにも自前でお医師を作らねばならんとかねがね思うておりました。ですが、僧侶への修行に専念している若者に、医師の勉強をせよなどという話はできません。できたとしても、誰一人乗っては来ないでしょう。縁遠い話なのです」

宥鑁は、小さくて長いため息をついた。

「まあ、すぐに決めなくてもかまいません。しかし、保枝さんが大阪に学びに行くことは大いに結構、拙僧は大阪に知り合いが多くいますから、その折には気張って応援させてもらいます」

両親をさて措いて、いささか先走りすぎたかと思った宥鑁は、

「急がばまわれです。じっくりご家族で考えて決めて下さいますよう」

花谷家族は、宥鑁の厚意に謝意を表して、池津川に帰っていった。

保枝は看護婦に一種のあこがれを持っていたものが、宥鑁の医者を目指しませんかという一言で、話が急に誇大になり、自分としてもゆくりない展開となってしまった。

その筋道を小さな頭で改めて反芻し、沈思する。両親たちも、考えがまとまらないのか、口数の少ない村への道すがらであった。

池津川の田舎から一人の未成年の、しかも女子が、見知らぬ都会で看護婦にせよ、医師にせよ、専門資格を取得する生活とはどんなものになるのか、想像できる者はいなかった。

いくら法性宥鑁が後ろ盾になるとはいっても、花谷家としての金銭の負担は尋常でないものになるし、知り合いのない大阪で、保枝がどれだけ苦労するのかを考えると、すぐに決断して前へ進められる類(たぐい)の話ではなかった。

伊太郎自身は、二度にわたって、わざわざ大阪に出かけ、そのあたりの事情を自ら見聞に行った。宥鑁とのやりとりも重ねた。

両親も、宥鑁も、保枝の勉学への意欲が大いに燃え盛っていることを認めることは同じだったから、保枝の大阪行きへの準備は、ひとりでに周囲から踏み出されることになった。

明治三十一年春、満十六歳になった保枝は、大阪市東区（現中央区）粉川町一丁目の七百三十坪の敷地に新築して一年の、真新しい校舎が建っている大阪慈恵病院医学校への入学手続きをした。全生徒数は百人前後であった。

慈恵とは辞書によれば「慈愛の心を持って他に恵みを施すこと。また、その恵み」をさし、「慈恵医院」といえば、貧しい人を施療する医院という意味になる。

大阪慈恵病院も、貧窮民のための施療施設を作るという、明治医学界の高潔なリーダーたちの計画が表れたものだ。

これより少し前の明治二十年に東京では、高木兼寛（かねひろ）（一八四九〜一九二〇）らが中心となり、「慈恵」の精神を宿した東京慈恵医院を出発させている（今日の東京慈恵会医科大学の源流）。その商議員に大阪の緒方惟準（いじゅん）（これよしとも、一八四三〜一九〇九）の名もある。緒方は東京の動きを、大阪の有志に時間差なく伝えた。

時を同じくして、大阪府立大阪医学校関係者や開業医有志が、「大阪貧民病院設立ノ趣旨」なるものを明治二十年に発表した。

「慈恵」という献身的で、拝金主義とは正反対たる人間主義を謳う精神を知ったこれら大阪の医学界や知識人の有志は、組織的には東京のものとは無関係だが、大阪にも慈恵病院を設立したいとの、請願書を大阪府知事宛に提出している。

府知事は、実現不可能として当初請願を却下していたが、翌明治二十一年（一八八八）になって、緒方惟準、高橋正純の両名が発起人代表となったのを機に、ようやく許可を出した。大阪慈恵会への入会者、寄付者は予定通り、いや、予想以上に集まった。ついに緒方を院長、高橋を副院長として、同年六月二十一日、まず大阪市東区唐物町一丁目円光寺を仮院として、同年末には東区北久太郎町一丁目、旧浪華尋常小学校跡地に移転し大阪慈恵病院が誕生したのである。

それから五年後の同二十六年（一八九三）十二月に緒方らの発案で、こんどは医学校が併設された。高等小学校卒業以上の者を前期（一年）五十名、前期医術開業試験に合格した者を後期（二年）として五十名を募集する速成医学予備校であったが、後期生徒はあまり集まらなかったものとみられる。

国公立大学医学部卒業者にも医師国家試験が課されるようになるのは第二次世界大戦後である。それまでは公立大学医学部を卒業しさえすれば直接医師になれた時代であり、それ以外の方法で医師になろうとすれば、国が行う前期および後期医術開業試験に合格するしか道がなかった。

ことに、女子は国公立大学には入学できないので、この道しかなかったのである。その予備学校ですら女子を入れることを必ずしもよしとしなかった。

当時、女子学生を受け入れるようになっていたのは、東京の開業試験予備学校である済生学舎のみである。そこでも女子学生はごく少数であり、多くの男子学生の中で学ぶ苦労話は多く伝えられていた。しかし、この学校もまた、明治三十四年（一九〇一）には、医学専門学校昇格を目指して女子学生を全員締め出してしまった（それでも結局は私立大学医学部に昇格できなかったが……）。

高等小学校出身者が予備学校等で学び医術開業試験に合格するには、前期四年、後期七年はかかるといわれるほど難関であった。たとえ、試験に合格して医師になったとしても、官尊民卑の風潮が激しい当時は、「試験上がり」の医師として一段低く見られたものである。

保枝が大阪慈恵病院医学校に入学した当時の学校の体制は、明治二十九年の中外医学新報に準拠すると以下の通りである。

校長　緒方惟準

幹事　山田俊輔、宮内重志（眼科学）

講師　岩崎勘次（物理学）、堀内謙吉（解剖学）、緒方収二郎（眼科学）、緒方太郎（外科、眼科）、緒方正清（婦人科学、産科学）、緒方銈次郎（内科学）、鬼束益三（内科臨床講義、診断学）、菅野虎太、久保郁蔵、増田正心（薬理学、内科外科総論）、松山正、小林亀松（無機、有機化学）。

日清戦争直後であり、軍関係の中原貞衛（生理学）、飯島信吉、村田豊作（内科学）、江口裏（法医学）は不在講師となっている。

顔ぶれをみても、惟準を筆頭に、緒方家の面々とその弟子がそろい、適塾を開いた洪庵（一八一〇～一八六三）以来の勢力と結束をみせつけている。

惟準は洪庵の次男として生まれているが、長男が夭折したため、緒方家の当主となって緒方家を率いた人物で、晩年はキリスト教に入信した。大阪慈恵病院の創立後、明治二十年四月三日には、私立緒方病院を東区（現中央区）今橋四丁目七十一番屋敷に建てた。惟準はしばらく大阪慈恵病院と緒方病院の院長を掛け持ちしていた。

緒方家の面々は、どなたも人格、能力とも相当に優れていたのだろうと思いきや、この中で緒方太郎（一八五七～一九〇〇）だけは何かと評判が悪い。

太郎は洪庵の義弟郁蔵の長男で、明治十六年東京帝国大学医学部を卒業している。その後、秋田、新潟、富山、岡山を転々とし、明治二十二年緒方病院副院長となるも、梅渓昇「洪庵・適塾の研究」（思文閣）によれば、「六ケ敷人」（難しき人）で、「スッポカシ」「ズボラ」なのに院長はじめ病院中が困り、眼科外来にも通院する患者はほとんどいなくなったという。

ついに解職され、明治二十五年から東区で開業するとともに、この医学校の講師も委嘱されてはいたが、飲酒が原因で脳卒中になり、明治三十三年四十四歳の若さで鬼籍に入っている。

緒方病院のもう一人の副院長はドイツ留学でドクトルの称号を持つ緒方正清である。彼はもともとは緒方家でなく、香川県綾野郡國分村の貧農に生まれている。高松医学校、帝国医科大学別課を優秀な成績で卒業し、緒方拙斎（一八三四～一九一一）の養子となって、中村姓から緒方姓になったのである。

医学校の前期組はまだ臨床講義がないが、正清は時々前期組の教室に副校長としてやってきて講義をした。ドイツの医学校でも学課にあった「医学原論」に近いもので、医学の位置づけを説く講義である。

その内容は社会の中で医学がどう学問的位置を築いてきたか、漢方医と泰西医学の違いはどこかといった話や、留学中の体験から欧州の社会や生活にも話が及ぶ。とりわけ、欧州の医師の生き方、考え方は、保枝としては日本から西洋へと視圏が広がる、実に新鮮で印象深い講義であった。

「ヨオロッパには、優れた女性の医者も大勢いた。ここにも女子学生が何人かいて頼もしいと思う。関西には女医がほとんどおらんからな。知っている者もいるだろうが緒方病院の産婦人科にも福井繁（しげ）という優れた産婦人科医がおる。彼女が東京の学校で開業試験のための勉強をしていたころの話だが、勉強に勤しむあまり髪にはよく埃（ほこり）がついていたそうだ。『ほこりの福井』というあだ名がついたと本人が笑っていた。君方もそのくらい勉学に専心せんといかんということだ」

「ドイツの医学校ではよく医者には何よりも『モラル』が大切だと説く。それはそうだ。医者は間違えば命取りになりかねない薬を使い、メスを握る。開業試験に及第したらそれを使うことが許されるが、何でも自由に診療してよいという特権ではない。法律を守っていればよい、教科書に書かれているからよいというものでもない。智情意を働かせ、それが確かに患者のためになるものかどうか、人としての高い判断をしなければ本当の医者とはいえない。それにもう一つ大事なのは、体力だ。体力に余裕がなければ、正しい判断も、あきらめない治療もできないからな」

そんな話をする緒方正清は、頭脳が明晰であるだけでなく、思いやりの深い、頗る評判がよい医者であり、最近日本で初めての帝王切開を成功させている気鋭であった。

手術の腕は天賦の才があったが、できるだけ患者への負担を減らし、死亡率を低めることが重要との信念があった。たとえば子宮がんの手術は侵襲の多い腹式よりも、膣から入る手術法（膣式）をすでに主張していた。

ちなみに「ほこりの福井」は、明治三十一年（一八九八）には、「妊婦の薔薇園」という助産婦向きの一二九ページの教科書を緒方病院助産婦学会から出版するまでになり、それには「緒方正清閲」と表紙に記載されている。正清が女性医師に深い理解を持って指導したことの証左である。

この学校、毎年入学者は百名を超えていたというが、日清戦争がはじまってから、講師が不足し、学校運営も、生徒の成績も不振になっていた。

正清がその後医学校校長に任じられ、立て直しをゆだねられた。この医学校は学業、特に後期組の成績が不振で、学生の失望が高まり、入学希望者も減っていたためとされる。

後期組、つまり臨床各科の講師陣は、ほとんどが掛け持ちで、しょっちゅう休講した。一方の学生は玉石混交で、規律が緩みだすと下へ引っ張られる傾向が強かった。

そこで、講師を増員し、新たな熟練講師を招き、規則も厳格化するなど改正を行うにあたり、それまでの惟準校長と収二郎を顧問に推し、まだ三〇代という精鋭の正清を校長に据えて、出直すことになったのである。

近畿遊学領覧によれば、この学校で学ぶ内容は、
前期組では物理学、化学、解剖学、組織学、顕微鏡学、生理学。
後期組は、病理通論一講座（一週二時）、外科通論（同上）、病理及び病理解剖（同上）、診断学（同上）、内科各論二講座（一週五時）、内科ポリクリニック一講座（一週三時）、外科ポリクリニック（同上）、外科各論二講座（一週五時）、眼科学一講座（一週四時）、産科

学一講座（一週三時）、婦人科学一講座（一週二時）、薬物学（同上）、内科臨床講義一講座（一週四時）、外科臨床講義（同上）、眼科臨床講義一講座（一週二時）、婦人科臨床講座（同上）、精神病学（同上）、法医学一講座（一週一時）、衛生学細菌学二講座（一週三時）、皮膚病梅毒学一講座（一週一時）、耳鼻咽喉科学（同上）、局所解剖学（同上）、産科模型演習一講座（臨時）、病理解剖実習（同上）、系統解剖実習（同上）、局所解剖実習（同上）となっている。

後期習得の学科名称は、時代を反映した「梅毒学」などの記載もみられるが、西洋医学の科目としては今日とほぼ同じ名称がすでに定着している。

ただし、今日と比べ、内外科、産婦人科以外では眼科に重きが置かれていること、小児科、整形外科、泌尿器科、脳神経外科、放射線医学、麻酔科学などの名称は見えず、独立した診療科としてまだ公認されていなかった、または存在していなかったことがわかる。

本医学校は東京の済生学舎と同様、女子学生も受け入れたのが特徴で、入学金二円、授業料は前期月一円五十銭、後期は一円八十銭、実習生が二円三十銭だった。

この医学校の出身者名簿や学校史といった詳細な資料は、残念ながら遺されていない。しかし、正清が校長を引き受けた明治三十四年ごろから三十七年ごろまでに少なくとも十四人の女性医師を含む総計三十七名の医師がこの学校から誕生したことは確実である。

女学生の学力が勝っていたのと、正清に女性医師を育成する才腕があったからだろう。

ちなみに、正清は明治三十五年（一九〇二）には緒方病院を辞し、東区の旧除痘館あとに緒方産婦人科病院を創設して独立し、助産婦教育にも力を入れた。

6 大阪慈恵医学校

保枝は医学校のある粉川(こかわ)町のすぐ南に位置する十二軒町に、付近の屋敷地に溶け込むように建っている豆腐屋の二階に下宿させてもらった。

医学校の校長は、まだ正清になる前の成績低調な時代であった。

大阪城の南西に位置するこのあたりは、豊臣秀吉が居城していたころは三の丸の内で、十二軒町は、蔵奉行十二人の屋敷地であったことが町名の由来になっている。

大阪に知り合いの多い宥鑁が話をつけて、保枝の下宿として用意したこの豆腐屋は、江戸時代からの老舗で、豆腐屋直次の屋号を持つ随分と大きな構えであり、夫婦のほかに数人の使用人がいた。

豆腐づくりの朝は早い。

保枝もそれに倣って早起きして支度をすると、池津川にいる時の習慣そのままに、まず柔術の形稽古をして体をほぐした。すると、頭もすっきりしてくる。通学時刻になるまで、勉強に集中する。夜になってからの勉強はまだ石油ランプを使っていた時代だから、油代節約のためにも、夜明け前から起きて活動するのは合理的であった。

保枝は、自室で勉強していてわからないこと、疑問に思うことが出てくると、帳面に記して、あとで学校で先生や友人に質問するようにしていた。

ある時、生理学の時間に習った近視、遠視、乱視について下宿で復習していると、近視や遠視に関しては容易に理解できるのだが、乱視はどうにもわかりにくい。

「外界からの平行線が角膜と水晶体で構成されるレンズが歪んでいるために焦点が合わない状態」

という話をしながら、講師が板書した図を書き写してはきたものの、いくら考えてみてもしっくり理解ができなかった。だから、乱視は円柱レンズで矯正されるというところも納得できない。

乱視はなかなか理解しにくい難物だから、よく試問に出るぞ。わからないやつは、仕方ないから、そのまま丸暗記しておけばいいと講師は言ったが、保枝はそれでは納得がゆかないのである。

前期生は男子が百人以上、女子も二十数名が在籍していた。保枝と同時期またはその前後に入学した女子学生として文献から確認できるのは、保枝より一歳年長の近藤小春（明治十三年生）、駒井たけへ（同年）がいた。保枝より一歳年少の中川コト（同十五年生）、村上琴（同）、河村龍野（同）、さらに年下の丹羽美智（同十六年生）、小野安（同）、邨田恵美（同）、幣原節（同十七年生）、荻谷玉江（同）もその頃の入学で、互いに年齢も近く、女子学生は圧倒的少数派であったから仲が良かった。

男子学生の質は玉石混淆なのに対し、女子は、概して成績優秀で、真摯に勉学に取り組んでいた。ただ、どの女子学生も物理学や数学は苦手のほうであった。

その女子学生の誰もが、勉強の頼りにしているのが「豪さん」だ。口髭を蓄えている豪さんの年齢は不詳だ。傲然としているというより、どこかあどけなく温かみのある笑顔で、教室の一番後ろの指定席に陣取っている。

噂では、師範学校を出て理科の先生になるはずだったが、どういうわけか無類の子供好きがたたって、先ごろまで府内の小学校の教導をしていたらしい。

保枝も乱視の話が納得できずにいたので、豪さんに質問しに行った。

「ああ、乱視はややこしいわな。あの先生の作図じゃわからへんでっしゃろ」

この間の先生の作図では、わからないのも当然だという口ぶりに、保枝はほっとした。

気づくと、早くも三、四人女子学生ばかり豪さんを取り巻いている。いつも誰かが豪さんに質問に行くと、他の誰かが察してこういう形になる。面白いことを言うわけではないが、説明がわかりやすくて、作図がうまいから皆得心してしまう。わかると、勉強は面白い。

「遠視も近視も乱視もない屈折状態の目は、正視いいまして、外から入って来る光線は目のレンズで屈折して、網膜面に焦点を合わせられます。光線の走り方にさらさらひずみがない、例えていえばまん丸、正円だと思てください。正円ではどの経線も同じ屈折力や」

書き損じた紙の裏に図を描きながら、豪さんは機嫌よく講義をはじめる。

「これに対して、乱視、中でも一番多い正乱視は楕円に例えるとわかりやすいのやで」

豪さんは、鉛筆でさっと見事な作図をしながら、説明する。強主経線、弱主経線だの焦線だの錯乱円だのと言葉は難しいが、図が整然としていて、言葉が明快だから、そこにいた女学生は皆なるほどと理解した。そして、もう乱視は難物ではなくなった。

豪さんの作図は、定規なしで真っ直ぐな直線を引き、ぶんまわし（コンパス）を使わずに美しい円を描く巧みな芸だ。

物理や生理学のややこしい話は、いつも豪さんが見事に説明してくれるので、保枝たち女子学生にとっては、大いに頼り甲斐があった。

その豪さんが、ここ三日、教室に姿を見せない。

教室の後方に豪さんの指定席はあった（本当は指定席ではなくて、誰が座ってもいいのだが）。教室は、在籍者数の割に座席は少なく、科目によっては早めに席を取らないと、立見になってしまう。が、そんな時でも豪さんの席には誰一人として座らない。だから豪さんがいないと、すぐに露見するのである。

一日目豪さんの席が空いていたときは、女学生たちは『鬼のかく乱かしら』と言い合っていた。

二日連続での欠席がわかると、憂い顔を寄せ合ったが、明日は来るでしょうと誰かが言うと、皆そんな気になっていた。

三日目も欠席だった。女子学生ばかりでなく、流石にだれもが心配し始めた。

「豪さんの下宿、どこどすか」

年かさの京都府舞鶴出身の上羽（うえば）志満（明治二年生）が、京都らしい言い回しで誰へともなく尋ねた。

同じ前期組だが他の女学生より十歳以上年長だということもあり、女学生のかたまりの中にいつもいるわけではない。それでもやはり豪さんのことを心配しているのである。

「この間、豪さんが緒方病院から出てくるところ見かけたさかい、下宿はあっちの方やないかな」

上羽の問いかけが耳に入ったか、そばの男子学生が上羽を振り向いて、そう言った。自分たち前期組は臨床実習（ポリクリニック）などまだないから、病院から出てくるというのは変だ。それとも豪さんは自分では言わないが、実は病持ちだったのか、などと保枝が想像を巡らしていると、

「豪さんは下宿やないですよ、妻子と一緒のはずや」

別の男子学生が応じた。

「えっ」

女子学生の何人かが、一斉に驚きの声を発した。

保枝は逆に声を呑み込んだ。同時に心に小波が立った。豪さんを心配しての小波ではなくて、妻子があることを突き付けられての心騒ぎである。

上羽と同様に、何の根拠もないが、彼は独り者だと思っていた。

周囲を気にしない気楽そうな振る舞い、だが真実を追究するぞという学究の姿勢、ああいうのは近頃の言葉で「蛮カラ」と言うのだろうと勝手に思い、どこか好ましいと感じていた。多分それは保枝だけでなく、ほかの女学生もそうだったのではないか。

保枝は勉学中、ちょっと困ることがあれば豪さんの姿が頭に浮かび、翌日豪さんに質問するというのが半ば日常生活のお定まりになっていた。だから、女子学生たちとよりも、豪さ

んと会話する回数はずっと多かった。それほど、頼りにし、実際嫌な顔ひとつせずに応答してくれるから頼り甲斐ある男であった。

蛮カラは、孤軍奮闘する学生であるべきで、妻子なんて持っていてはいけない、というのが相場だ。だから、豪さんは年長でも、独身に決まっていると保枝は何の根拠もなく思い込んでいたのである。

それが裏切られた。

だが、どうも裏切られたこと自体が心の穏かさに水を差しているのではないようで、どちらかというと、甘い夢に小さな亀裂が生じたような倉皇だったのである。

「何狼狽えてるのや、あほやなあ」

保枝は自分で自分を叱咤した。

にもかかわらず、その時、教室の皆で談合していた内容は、上の空なのであった。

今日の午後は休講ばかりだったから、学生代表者が学校の事務に掛け合って、豪さんの住所を聞き、自宅へ事情を尋ねにゆくという段取りに決まったらしい。

他の学生が数日休んでも、こんな話し合いにはならない。

実際、今日の予備校と同じで、来たり来なかったりする学生は多く、学費の滞納で除籍になったり、厳しい試験はあるものの、日々の学生の出欠を管理することまでは行われていなかった。

その中で、存在感のある学生は豪さんをおいてはおらず、談合には、男子学生も何人かが参加した。

男女の代表が学校に交渉に行き、本名、岩崎豪太郎の住所を聞いてきた。京街道沿いにある野江水神社の近所ということで、学校からは徒歩で一時間はかかる。

そちらの方面の地理に明るい学生がおり、数人でこれから出かけることになった。保枝も誘われたが、帰りが遅くなるし、大勢で押しかけてもと思い自分は行かないことにした。行くのを留める何かがそう判断させたのを、どこかで明瞭に自覚していた。

翌日、豪さんの家まで行った学生たちは、様子を皆に報告した。

平屋建ての古い家は、湿った荒れ地に囲まれるようにひっそりとあるには在った。だが、粗末な門扉は固く閉ざされ、垣根は壊れたままになっているのが虚しい対比であった。念のため訪いを告げても返事がなく、人が住んでいる気配はさっぱりなかったという。

その日、一時限目が始まる前に、豪さんの指定席に当たり前のように座った一人の男がいた。わが目を疑って目を擦る者、じっと見て確かめる者、保枝のように見てみぬふりをする者と反応はまちまちであった。教室の誰もが一様にひっかかりを感じながらも、声をかけた者はいなかった。

あまりにすんなりと豪さんの席に座ったので、豪さんの兄弟とか、親しい人かと思って、保枝は人目を盗んで様子を伺ってみた。

座高の高い色白の男で、豪さんとは似ても似つかぬ、これまで少なくともこの教室では見かけた覚えのない人物だった。

退屈な物理の時間が終わると、数人の男が豪さんの席を取り巻いた。

「おまん、新入りか」

帳面の整理に余念のなかった男は、ようやく周囲の異変に気付いて顔を上げたが黙っている。

「ここは誰の席か知っとるのか、それとも豪さんの存じ寄りか」

誰かが迫ると、眉根を寄せる表情で、男は首を横に振った。

「あのな、わえは山地壮一いうもんや。おまんは誰や」

山地は中では年長のほうである。声高に言われた男は、萎縮したように俯いてしまい、黙りこくっている。

「山地さんは自分から名乗っとるのや、おまんも名乗らんか」

別の男が促したが、男は固まったように動かない。

憮然として、機嫌を悪くしている山地を見て、何か起こりそうな気配を察した山地の腰巾着のような男が、

「ほんま、返事してえな。頼むわ、口あるんやさかい」

その様子を見ていた保枝は、以前同じような情景に出会った気がした。口ないのかと囃（はや）し立てられた、そうだ谷岡栄作の姿だ。あの蝮（まむし）毒にやられた子供を助けた栄作の、池津川小学校の教室での情景だ。

つかつかと豪さんの席に近付いていった保枝は、取り巻きの隙間から半ば強引に入り込みながら、いつもは少しよそ行きの物言いであったが、ここは奈良弁でまくしたてた。

「もうええんとちゃう。事情を知れへんでここに座ったんやから、そないに責めんでも……。それより、豪さんの家、もう一回行ってみようと思うんやけど、地図描いてくれへんか」

先日豪さん宅へ行ってみた男が、取り巻きの中にいたのを見つけて、自分の帳面の余白を機転よく示して、その男子学生に差し出した。

折よく、次の時限がはじまる予鈴がなり、気勢をくじかれた男子学生たちは、三々五々散った。保枝は、豪さんの席の事情を要領よく話し、席を移ったほうが賢明だと、新入りの男に奨めると、男は黙然としたまま、それでも納得した表情で席を移動したのであった。

行き掛かり上、もう一度行ってくることになった豪さんの自宅へ、保枝は仲の良い幣原節、

小野安と三人で連れ立って出かけることになった。

一時間ほどの初秋の道のりは、大阪から京へ向かう京街道のはじまり部分である。まだ鉄道は通っておらず、京橋から野田村へと向かうと、そこはもうたわわに稔った稲穂がどこまでも広がっていた。

淀川（大川）の大きな蛇行と、東から大川に注ぐ鯰江（なまずえ）川や寝屋川の流路との間に挟まれたこの広い低地は、水利は豊富な代わりに、古来、何度も大洪水に見舞われた土地だと知られている。

三人の中で一番年長の保枝を先頭にして、小学生の遠足のような気分で、うきうきとしながら歩が進められた。医学校は、席順も自由だし、出席もとらないし、小学校などと違って生徒の年齢も高くかつまちまちだから、奔放な雰囲気である。

それでも、目指す試験は難関であり、やはり堅苦しさは免れない。そこから久しぶりに外へ出た三人は、開放感なのか、ちょっと躓いたの、一陣の風が吹いたの、虫が飛んだのというだけで笑壺（えつぼ）に入る。

帳面に描かれた地図はなかなか正確で、京街道から西に入った小さな集落の中に、岩崎豪太郎の自宅は見つかった。ひっそりと静まり帰った佇（たたず）まいを見ると、遠足気分は一気に萎（しぼ）んだ。

「ああ、やっぱり」

誰ともなく呟きながら、それでもあたりを歩き回り、何か足がかりになるものはないかと探した。裏に回ると、軒下に薪が備蓄されていたのが、生活の匂いといえばいえなくもなかった。三人は仕方なく、再び表に戻って来た。隣の家はどこかと見回すと、古家が半町（約五十四メートル）ほど離れたところにあった。誰かいれば聞いてみようと談合した。

古家の裏から、野良仕事を終えたばかりという出で立ちの老婦がちょうど出てきたところだった。

珍しいのか、不思議そうに三人の若い女を見つめている。

「お隣の岩崎さんのことで、お聞きしたいのですが」

保枝が聞くと、老婦は相好を崩して、

「ああ、岩崎先生やね。ほんま立派な、ええ先生やった」

過去形なので、皆、内心びくりとした。

「あそこは貸家になっておりました。男先生が何ぞ勉強するとかで、一年程前に来られたのだすが、なにしろ雨漏りはする、隙間風は通るはと、ろくな貸家ではあらしまへん。そのこともあったのだすやろか、十日ほど前に、男先生のご実家に引っ越して行かはったで」

「ご実家って、どこですか」

「詳しくは知らしまへんが、何でも守口村のほうやと言うてました」

三人は、礼を言って仕方なく帰路についた。すると、幣原節が自分の実家も守口村に近い同じ茨田郡にあるから、実家に手紙を出して調べてもらうと言った。

幣原節は、前期組の中で最年少だが、群を抜いて優れていることを、皆が認めていた。

彼女は、大正から昭和初期に国際協調路線の幣原外交で鳴らした外務大臣、戦後は第四十四代内閣総理大臣となった幣原喜重郎（一八七二〜一九五一）の末妹で、実家は茨田郡の門真村にあった。

戦後の日本国憲法は幣原総理の時代にまとまるが、英語が堪能な彼はマッカーサー元帥を訪ね、天皇制の継続と、世界の信用を取り戻すためには、日本が世界に向けて戦争放棄を声明するしかないことを直言したという。これらはいずれも日本国憲法に反映され、幣原は「憲法九条の発案者」とする解釈が生まれるに至る。

幣原の家系は、代々門真一番下村の庄屋を務めた富豪であった。長兄坦は東京帝大文学部を卒業した著名な東洋史研究家で、のちに台北帝国大学総長を務めた。長姉操は幣原医院や保育園を経営し、当時の農村としては先進的な保育、社会事業に功績を残している。

そういう家系であるから、役所とのつながりも深く、茨田郡のことを調べるなど、簡単な話だったのだろう。

間もなく豪さんの様子、第一報が節の下にもたらされた。

岩崎豪太郎の実家は確かに守口村にあった。

数日前に童子の葬儀があったので、すぐに見つかったということだった。これからできるだけ詳しく調べて、また様子を知らせるから、今は心配せずに勉強に専念しなさいと諭した母からの手紙が届いたのである。

この頃の開業試験は、毎年春秋二回あって、会場は毎回行われる東京のほか、大阪か京都、長崎、熊本、仙台がその年ごとに開催会場にあらかじめ指定される。

明治三十年（一八九七）は京都でも、春秋二回と翌年春と続けて行われたが、大阪慈恵病院医学校から前期試験に男子が一人だけ及第したが、後期試験は男女ともに合格者がない。

間もなく、今年（明治三十一年）の秋の前期、後期医術開業試験が久しぶりに大阪で行われるので、前期組の女子学生たちは、春ごろから今度こそ、という意気込みで勉強し、数人が挑戦を決意していた。豪さんを含め男子も三十人以上、申し込んでいた。

女子学生を含む受験組の何人かは、放課後や休講時には、豪さんを囲むように腰かけて、準備に余念がなかった。

ところが、豪さんが学校に来なくなってからは、何となく勉学の勢いがそがれたような空気になっていた。

保枝や、豪さんの家を訪れた二人の女子学生は、まだ前期組に所属して高々一年しか経っていない。それで、前期試験の全範囲に及ぶ知識の整理には間に合うはずはなく、何とか半年後の試験には及第したいと目論んでいた。

三人は春の試験への挑戦は、そのための腕試しにしようという胸勘定だった。

7 緘黙（かんもく）

幣原の実家から、節のもとに詳しい続報が届いた。

岩崎の実家は、代々大きな農家であった。

豪太郎は岩崎家の次男で、同じ小学校の女性教員との出会いがあって結婚し、守口村を離れ、保枝たちが辿りついたあの貸家で所帯を持ったのだった。

間もなく女児を授かったが、生まれつき心臓に宿痾（しゅくあ）があった。小さく生まれた幼児（おさなご）は、それでも懸命に生き、いつも笑顔がはじけていた。熱を出し、感冒を患えば長引き、せっかく太ってきた体を費消した。

入退院を繰り返しながら何度も危機を脱し、またあの笑顔を取り戻した。両親はそのたびごとに嬉しさに泣き、天に感謝したものだった。

豪さんが一念発起して医師になるべく大阪慈恵病院医学校に通い始めたのも、病に無心に抗う我が子をみているうちに固まった決心からであった。

岩崎豪太郎家は妻の教員としての収入以外はなくなってしまったものの、はじめは貯えを取り崩せば何とかなると踏んでいた。

ところが、女児の入退院が繰り返され、留守中のお手伝いを頼んだりもしなければならないことで、蓄えは次第に目減りした。

豪太郎の通学と、妻の勤務を両立させるためには、実家の助けが必要な事態となり、半年前に貸家を断り、守口村の豪さんの実家に同居することになったというのが実情であった。

それで何とか繋げてはいたのだが、先ごろその女児が風邪をひき、いつものように笑顔で復活してくれるはず、という周囲の願いをよそに、今度はあっけなく逝ってしまったのである。

八歳の誕生日が終わったばかりであった。

子煩悩な豪さんの医師になろうとする意欲はすっかり薄れ、しょげかえって通学を休止してしまったらしい。

有力者でもある節の父は、妻とともに岩崎家を訪ね、事情を聞くとともに、豪が学校に戻ることを待ち望んでいることを認(したた)めた節、安、保枝の三人から託された書簡を渡したという。

　豪さんが子供を思う志と、節たちの熱い思いを聞いた地元の有力者でもある幣原の父新治郎は、必要なら学費を貸し出すから、子供たちを救う医師を目指してほしいと説得したのであった。

「娘さんがお父さんを、医学の道に誘った。八年間、自分の命を削りながら誘ったといえへんかな。とすれば、その貴重な八年間を無駄使いしてはいかんのとちがうか。ここで、しまいにして、娘さんに顔向けできますのんか、豪太郎さん」

　新治郎の助言から間もなくして、大阪慈恵病院医学校に豪さんの姿があった。

　豪さんがいささか戸惑いながら、今日も空席になっていた指定席にゆっくり近づいてゆくと、それに気付いた入り口近くの学生がぱちぱちと二、三度手を打ち鳴らした。

　講義開始前のこの時間は、いつもならあちこちで談笑していて、ざわついてるのだが、秋の医術開業試験まであと一週間に迫ったこの時期は例外で、試験に挑戦する予定の学生たちが、学校に早めにやって来て自習しているから、教室は静寂に支配されていた。

　そこに一人の男子が不意に拍手したので、教室の学生たちは何事かと後ろを振り向いた。

「あっ」「お」「あら」「豪さん」

　など口々に声が上がり、拍手の渦になった。照れたような微笑をしながら、指定席に腰かけた豪さんは、しばらく懐かしそうに教室内を見渡していた。

中に、豪さんの顔をじっと見ている男子学生がいた。豪さんと目が合うと、ちょこんと頭を下げた。豪さんは立ち上がって、その男のいる右前方の席につかつかと歩み寄り、

「お前、今村か。いつからここに来おった」

と問うた。男は、どぎまぎして何も言わない。

そばでなりゆきを見ていた保枝が、豪さんが欠席しだした直後の一カ月前から入ってきたと説明しようかと思っていると、豪さんは、

「まあいいわ。今村はな、いささか蒲柳（ほりゅう）の質があってな、あまり声が出せへん。だがな、ここはなかなかいいものを持っておんねん」

豪さんは、ここはと頭を指し示しながら、誰にともなく声をかけ、今村の肩をぽんと叩き、席に戻っていった。

保枝は、今村がこの教室にはじめてやって来た日のことを思い起こした。開いていた岩崎の指定席に、事情も知らずに座ったことで、おまんは誰やと言われ、返事をしないので執拗に嘲り（あざけ）の言葉が浴びせられたのだった。

保枝は、世にはそういう極端に引っ込み思案の人間がいることを、かつて小学校の教室で目の当たりにした。その体験から、うまくしゃべれないことが決してその人の価値を決める

ものではないという思いを強く持っていた。

今村にその姿を重ね合わせた保枝は、直接彼と言葉を交わす機会はついぞなかったが、彼の振る舞いや思うところが関心事になっていた。

今村の帳面を後部の席から目に留める機会があった保枝は、いささか震慄（しんりつ）した。講師の話した内容だけでなく、その行間を埋める内容の、小さな文字が並んでいたからである。講義が終わって皆が教室から去っても、しばらく今村は居残って、教科書や図書室から借用してきた書籍をめくっては、何か帳面に書きつけたりしている姿を目撃することがある。おそらくそれは、行間を埋める作業なのに違いない。

いつか、その帳面をじっくり見せてもらい、完成度を知りたいと思った。

帳面が整然としていることは、今村の頭の中も几帳面に整理されていることを表しているにちがいない。保枝の中で、一目置くべき人物として次第に印象付けられてゆく。

今村は多分、岩崎豪太郎の教え子だったのだろう。そして、岩崎は彼の几帳面さや能力をよく知っているから、ああいう温かい言葉が自然と出たのだろうと想像した。

明治三十一年（一八九八）秋の医術開業試験は、東京のほか、大阪、長崎でも行われた。前期試験ではいかなる問題が出題されているのか、この頃の一例を挙げてみる。

すべてが、論述試験で、解剖学、物理学、生理学、化学と、それぞれ二、三問が出題され、四日間かけて行われる。

例えば解剖学では、「細胞とは如何なるものを云うや。其の種類・形状および所在は如何」など四題、物理学では「望遠鏡の一例を挙げ、その機構を説明せよ」など三題といった具合である。

大阪慈恵病院医学校からも三十名余りが受験した。この頃の前期試験の合格率は二十五パーセント前後、後期試験となると十パーセント台であった。

この時も、前期試験には数名が合格しただけであり、この学校出身者の合格率は全国平均を明らかに下回った。

女子学生からは近藤小春が合格した。この人は保枝たちの女子学生の仲間の中では年長で、婚約者がいたせいもあるのか、共に行動することは少なく、いわば他人には立ち入らせない自分の世界を持っているような人物だったから、保枝たちもあまり大騒ぎはしなかった。

それでも、一同、刺激を受けたことは間違いはない。近藤は、二年後の春には早くも後期試験に合格するという俊才で、その時はすでに朝枝姓になっていた。

男子学生からも数人の前期試験合格者が出た模様である。しばらく学校に無沙汰をしていたとはいえ、豪さんも前評判どおり試験に及第した。

明治三十一年の十二月の大阪の平均気温は摂氏四・八度と例年になく寒い冬の入りであったが、年が明けると打って変わって温暖な年明けとなった。保枝たちも春の試験の願書を出し、余念なく勉強に励んだ。

宥鑁は時折、綿入れだの、菓子だの、高野豆腐だの、また両親からの伝言だのを携えて高野山から下りて保枝の下宿先、豆腐屋直次を訪れてきた。そして決まって何か不都合はないかと問いかけ、世話を焼いていた。

そういう心尽くしに応えるためにもと、保枝は猛勉強したが、春の試験はまだ腕試しで、秋には必ずという目論見だった。幣原、小野、村上も、もちろん同じ気持ちで臨んでいた。

明治三十二年（一八九九）六月九日付官報に、「奈良県　花谷保枝」の氏名が、前期試験合格者として掲載された。

受験した四人の女子学生の中で、ただ一人先んじて合格し、後期組に入るという快挙だった。これには本人も驚いたのであったが、丁度勉強したばかりの得意分野からの出題が多かったことが幸いした。保枝の合格に、仲間たちは大いに祝福しながらも、闘争心に火が付いたことは間違いない。

気になっていた今村の姓名も官報の合格者の中に並んでおり、保枝は心のうちで快哉を叫んだ。

男女合わせても二十名ほどの後期組の中には、四十路になろうかというかなりの年長者も三、四人見かけられた。人数が少ないだけでなく、学習範囲も実践的で広く、教室の空気には前期組にはない緊張感があった。

保枝は、後期組に入るとすぐ、豪さんに声をかけようと探したが、見当たらなかった。保枝より半年ほど先に前期試験に合格していた豪さんは、後期組でも指定席を作っているに違いないと想像していたが、案に相違して豪さんの姿も、指定席らしい場所も見当たらなかった。

後期組にいる顔見知りの男子学生に聞いてみたが、正月以降教室では見かけないとの返事だった。前期組のように、だれも彼の欠席を気にせず、知ろうとする学生もいない。

もっとも後期組では、教室での座学より、何組かに分けて大阪慈恵病院や、講師の所属する病院の手術見学や、臨床実習の時間が適宜組まれている。また、学校には小さな図書室があって主だった医学書がそろえてあるから、そこで勉強したり、実習報告書を書いている者もあった。

このように、後期組の学生は常時教室にいるという次第ではなかったので、ある人物に会おうとしても見つけにくいという事情はあった。

六月のある日、頸部腫瘍の摘出術が夕方から大阪慈恵病院である、先着五名の見学者を許可するから応募されたしとの掲示が出た。保枝はすぐに申し込んだ。先着五名の中に今村もおり、五人が連れ立って病院に向かった。

保枝の顔見知りは、今村だけだったこともあり、何となく彼の二、三歩後ろを歩いた。今村は、教科書や筆記具などを、藍染の風呂敷に、手際よく二つの真結び（まむすび）をした四つ結びに包んで、どこへでも持ち歩く。その風呂敷を目印に追いながら、保枝はあの中に是非にも借りて見てみたい帳面が何冊も入っているのだと思った。

「あの、今村君。今度、今村君の眼科の帳面、貸してもらえませんか。この間のトラホームの講義を聞き落としてしもたさかい」

保枝は今村に後ろから近寄ると、大阪弁を真似てそう頼んでみた。

いつものように何も言わない。一瞬間をおいて、今村はちらりと保枝を振り向いてみたものの、無言のまま足早に病院へ向かっていった。

手術室での見学が終わると、今日は解散になる。保枝が帰り支度をしていると、今村がつかつかとやってきて、「眼科学講義　今村一志」と書かれた帳面を保枝に差し出した。

頼んではみたけれど、今村の反応からも、そうあっさりと貸してもらえるとは思っていなかった保枝は、まさかの成り行きに、付文でもされたかのように思いがけず頬がほてってしまった。

「おおきに」

彼女は取り繕うように声に出し、ことさら大げさに押しいただいた。

三回にわたったトラホームの講義を、1．名称、2．病状、3．発病および経過、4．転帰、5．蔓延、6．予防法に分けて、几帳面に記されている。病状のところでは、結膜の全体にわたる粟状、ないし蛙の卵状の細かな突起が出現した病的結膜が写実されていて、尋常ならない絵心があることがみてとれた。

期待通り、講義で述べられたこと以外に、行間を埋めるように、自分で調べたと思われる注釈が書き込まれているのが流石だった。

例えば、「トラホームは独逸語読み、トラコームは英語読みである。トラキスはギリシャ語で「粗造」を意味し、結膜が粗造になることからきているとされる」とか、重症化して盲目になる場合の説明の項には、「西洋では盲目者千人中、トラホームによるものは十七人（コーン氏）、両眼失明者は七百七人中十五人（マグヌス氏）の数字があり。我が国の調べはないが、とてもこんな数字には収まるまい」などと、講義には出てこなかった内容までよく調べてあった。

明治三十一年における、東京御茶ノ水の井上眼科病院（明治十四年創立）の年間初診患者数三千四百六十人中、トラホームは実に九百八十九人、二十九パーセントに及ぶ数だから、当時の衛生面の遅れ、予防法未確立の状況を反映して、非常に大きな医学的問題であったことは確かである。

保枝と仲の良い幣原節と小野安は二人とも明治三十二年（一八九九）の秋の前期試験に合格した。保枝より半年遅れたが、また三人で勉強ができると華やいだ。

節は静かな闘志を秘めた秀才だが、安は子供のころから読書を好み、書は格段に優れていた。父小野梓（おのあずさ）（一八五二～一八八六）は、この時すでに故人となっていたが、明治初期の知の巨人と謳われ、大隈重信とともに東京専門学校（のちの早稲田大学）を創立した。早稲田大学は、大隈を建学の父、小野を建学の母として並び称している。

後期組には、保枝、近藤小春ら三名の女子学生がすでにいたが、入学以来仲の良い二人の女子学生が加わり、明るさが格段に増した。

それでも、前期組とは違い、実際に患者を前にして、講師が学生にいろいろな質問をしながらの、実践的な教育を受ける機会が増えているから賑やかな私語はできない。

とくに、内科や外科のポリクリニックは、病院で行われる実践的な臨床実習である。

実習なので、患者のいる前で講師に質問され、また場合によっては、診断に有効な情報を得るための適切な質問を患者にせよなどと命じられる。

多くは数人から十人以内のグループ毎の実習だから、その中の誰かが代表で質問に答えたり、患者との会話をし、残りはそれをそばで見聞きして学んでゆくのである。この形式だと、グループに一人か二人、優秀な学生がいれば、ほぼその人達が講師に対応して進めてゆくことになるので、残りの「その他大勢」は黙って目立たぬようにしていれば、無事ポリクリニックは終わるのだった。

ただ、鬼束益三医師の実習や、講義だけは、そのやり口が通用しなかった。

授業に参加している学生の全員が質問に答えるように仕向けられ、意見を求められた。途中で一人でも脱落があると授業は止まり、次回また同じことを繰り返すという、苛酷すぎるやり方が怖れられていた。

鬼束は、飫肥藩（現在の宮崎県日南市飫肥を中心とする地域にあった）藩医の家系に生まれて、東京の大学別課（一時期東京大学医学部に短期間で修業できる医師養成課程として別課があった）に学んで内務省医となった。

この経歴は、当時の医師としては必ずしも超一流ではなかった。そのために、自分は正当に評価されていないに違いない、という屈折した心理を彼は抱えていた。

外から見ると、ふるまいは重々しくはなく、どちらかというと、今の言葉で言えば「ノリが軽い」人物で、周囲からは軽骨（けいこつ）に見えるほどだった。

学生に完璧を求めたのは、その裏返しなのかもしれない。

彼は、速記法の発明や、過去の欠点を補う聴診器、体温計などを新作するなど、天才肌でもあり、自尊心はかなり強かった。外見の印象とは異なり、こうと決めれば決して退かない剛情さと自負心を隠し持ってもいたのである。

ある高級官僚の夫人が、腕の腫瘤の痛みに耐えかねて彼の外来を訪れた際、これをメスで切り取って治そうとしたところ、夫人は激痛を訴え続けて治療を受けようとしなかった。そこで鬼束は大いに怒り、鉄拳を上げて夫人を殴打した。夫人は憤懣やるかたなく、激しく抵抗したが、鬼束は抑えつけたまま手術を終わり、やがて患者の患部の激痛は去ったという。以後、その夫人は鬼束へ全幅の信頼を置くようになり、多くの患者を紹介してきたという。そういう武勇談が流布されているからか、学生たちもこの先生のやり方に文句をつける者はいなかった。

内科臨床講義でのことだった。

三十歳、元来壮健な男性の病歴と、診察結果が提示された。

――まとめると、この男性は三週間前から、戦慄（せんりつ）と軽度の咳嗽（がいそう）があり、さらに下痢を伴い、現在は三十九度の発熱、脈拍は百二十、気管支炎の兆候と、脾臓の肥大がある。

「拙者はまず腸チフスに類似しているのではないかと考えたのであるが、諸君、その診断でおかしなところはあるか。一人ひとり答えてもらおう」

いつもの通り鬼束の授業が始まった。最初に指名されたのは、宮井という学生である。

「鬼束先生の診断に間違いはありません」

鬼束はにやりと笑い、

「わいも、間違うことがある。事実本例は腸チフスではなかった。登坂はどうだ」

登坂は困った顔をして、顔を紅潮させている。何か答えなければ、講義が止まってしまいかねないと恐れるからだ。さすがにこの程度では、気分を害するわけではない鬼束が、おどけた様子で助け舟を出して、さも寛容なところをみせる。

「顔色は深灰色なりし。こはいかに」

「腸チフスでは多くは紅潮しております」

「さよう、丁度登坂のようにだな」

登坂はますます顔面を紅潮させているが、次は自分が当てられると思ってか、誰も声を出しては笑わない。

「腸チフス患者においては、口唇は煤(すす)色を帯び、顔面は紅潮す。深灰色は、ある原因にて血中に過多の炭酸を有していることを示す。腸チフス患者においても、灰色の顔色を呈することもあるが、それは気管支炎を合併しているときに限る。もし腸チフスで気管支炎が合併している場合には、諸君、呼吸数はいかになるや。花谷」

鬼束の質問に、保枝は起立して、落ち着いて答える。

「早くなります」

「しかりしかり、この患者では呼吸数二十四とわずかに多いだけであるが、気管支炎なら三十から四十にも達する。ここは腸チフスとしては矛盾するところなり」

このようにやり取りが円滑だと、鬼束は機嫌よく、冗談を飛ばしながら講義を続ける。

この時代には、臨床検査はあまり発達しておらず、レントゲンは医学に応用される以前であった。すなわち、経過と視診、触診、聴診がほぼすべてだから、このように微に入り、細に入り観察所見を検討するのが常である。

この後、腸チフスでは矛盾する点として、脈拍数が多すぎること、また、特に発熱の経過を上げた。普通のチフスの経過なら、三から四週目には熱は下がって無熱期に入っているはずだが、この例は今なお三十九度もの稽留熱がある点もおかしいと、学生に質問を発しながら滔々と講じていった。

「ならば、他の疾患としていかなるものがありうるか」

など、やりとりをしながら、鬼束は腐敗熱（敗血症）、脳脊髄膜炎などを鑑別除外していった。

「ところで、本例は検眼鏡的検査において、両眼ともに黄色小結節が数か所にみられている。ここで、最終診断をしてもらおうか、今村」

検眼鏡的検査とは眼底検査のことである。皮膚や眼底は、もし特徴的な所見が現れれば、身体のどこかの異常を推定できる大切な根拠になるので、非常に優れた情報源であった。ゆえに、皮膚所見に精通し、眼底を観察する技術を持っている医師は名医といってよかった。

「……」

無言で時間が経過する。眼底を持ち出すまでもなく、今日の講義の主題は予告されているので、誰でも知っているはずではないかと、鬼束は思う。

「そうや、思い出したぞ。今村は以前も私の問いに一言も声を出さなんだな。私に何か含むところでもあるんやな」

鬼束の言葉に大阪弁が混じるのは、機嫌が頗るよい時と、その真逆の場合である。今は後者だと気付き、学生たちはこれから雷が落ちるのではないかと、不穏な空気が一気に場を支配する。

今村の後ろにいた学生は背中を小突くようにして、何ごとか囁き、答えることを促している。

先ほどまで、帳面に書き続けていた筆を止めた今村は、固まったように俯いている。

今村の斜め前方に座していた保枝は、この緊迫した空気にたまりかねたように発言した。

「鬼束先生、今村君の帳面にはもう答えは書かれている思います。ただ今村君は声を出すのが苦手なんです」

「なんやて、花谷は今村に肩入れするんか、なんでや」

薄笑いを浮かべながら、今村のそばまで歩いて来て帳面を取り上げた。

保枝は何度も今村から帳面を借りて、その内容には自信があるが、鬼束の問いの答えである「粟粒結核（ぞくりゅうけっかく）」という四文字がそこに書かれているかどうか、一抹の不安はあった。

「ふーむ、確かになあ、しっかり書いてあるな。ここに書いてある四文字を声に出して読めばいいんや、今村。まさか、それがでけんいうんやなかろうな」

今村は、不意に自分の帳面を取り上げられて、一層青白くなり微動だにしない。

帳面をめくる鬼束の表情は、少し緩んだように見えたが、引き続いて発する言葉は裏腹だった。

「おし、つんぼ、めくら、色盲は医者の欠格事項や。筆頭試験だけが出来て、実地が出けん医者が大勢出てきたちう批判が、近頃出とるのを知っておろう。それで、当局は近く、医術開業試験に面接試問を導入するいう話や。ほんなら、今村は一発でちょんやな」

もうここまで来ると、鬼束の講義は止まると皆が覚悟する。案の定、

「というわけでや、今日は本題に入れんな。次回は、結核について十分勉強してこんとあかんで。おわり」

と、まだ講義時間半ばなのに、さっさとけりをつけて出て行ってしまった。

言葉を出したくても出せない症状を「緘黙（かんもく）」という。

学校など、ある社会的環境や場面で声が出せなくなる症候を「選択的緘黙」あるいは「場面緘黙」と現代医学では呼称する。

人見知りなど日本人にありがちな、特に幼児期に生じやすい一時的なものは、発達期の生理的なもの、あるいは個性とみなされるが、場面緘黙症では、ある状況下で根底に存在する不安や恐怖が頭を擡（もた）げ、継続的な緘黙症状を示すのが特徴である。学校や職場において、特に成人では社会生活において人との交流に甚大な影響を与える。

現代のように、生活上のあらゆることにコミュニケーションが必要な複雑化した時代には、実害が生じやすいが、ほとんど没交渉でも生きることができたいわば社会構造が単純だった時代には、そういう人物が仮にいても、おそらく気難しい人、無口な人で通っていたかもしれない。

しかしながら、西洋医学においては患者から情報を得なければ何も始まらないので、コミ

ュニケーションなしに医者という仕事は実現しないのである。

場面緘黙症という病名が一般に認知されてきたのは、二十一世紀に入ってからであり、明治のこの時代、病名はもちろん、「緘黙症」という概念さえ影も形もなかった。

翌日、今村一志は教室に来なかった。翌々日も来なかった。そんなことは今まで一度もなかった。

そして、その翌日、今度は保枝が学校から消えた。

8 転落

保枝を大阪慈恵病院医学校に行かせるきっかけを作り、下宿先まで決めるなど、学生生活の細々としたところまで面倒をみたのは、ほかでもない宥鑁その人であった。

高野山の寺々も、木々も、空気も生まれた時から知悉(ちしつ)している優れた若者が医学を学んで、高野山に戻って医師になってくれれば、これは願ってもないことだと彼は考えていたのだろう。

山内(さんない)で唯一医業を行っている漢方医中島医師は、国の移行措置を使って一代限りの医業を続けてはいるが、西洋医学の知識はない。山にいては、西洋医学の研鑽ができるわけもなく、その気も全くない人でもあった。

山に関係のない若い医師が、自ら進んでわざわざ高野山に登ってきて医院を開くことはそもそも考えにくかった。山には山の掟があり、町家は点在するものの、ほとんどの敷地は寺院に所属している特殊な生活文化圏である。高野山に住んで医業を営もうとする変わり者が仮に見つかったとしても、その医師が高野山の風儀に馴染むのも、高野山の人々がその医師を頼るようになるのも容易なことではないだろう。

高野山は人口が少ないだけでなく、気候も厳しい。そんなところを、この地に無関係な医師が開業候補地として考慮するわけがない。

保枝は将来医師になるための勉学をしている。それは確かだし、その仕事は尊いもので、それゆえ尊崇している宥鏤和尚が両親とともに押し進めてくれたということも、十分理解していた。けれども、将来女性医師になって、どこかで活躍している自分の姿を、青写真として見ることはまだできなかった。

そこまで至れるのかどうかもわからない長い道のりだし、医学校に入っても、何人かの女生徒はいても、現実に活躍する女性医師の姿は一度学校に産婦人科学の代講でやってきた緒方病院の福井繁以外にはみたことがない。あんな風に、自分も産婦人科医になれればいいがとは漠然と考えるが、いったいどんな道が他にあるのか、覚束ないのであった。

宥鏤のほうは、保枝の将来をいったいどこまで見越していたのであろう。

確信はなくても、保枝を医師として世に送り出すことに賭ける覚悟は、尋常ではなかった。

両親も保枝の医学校に関しては宥鑁に絶大な信頼を置き、一任している形であり、宥鑁も親代わりを自認している。山を下りる所用があるときだけでなく、わざわざ少なくとも二月に一度は山を下りて、豆腐屋直次方に住まう保枝の様子を見に行くほどの気遣いをした。

ただ、宥鑁も両親も、医術開業試験に及第したらどうしたいのか、保枝に直接意志を確かめたことはなかった。及第することを夢見ることはできても、それを既得のこととして軽々しく話題にすることは憚られた。

宥鑁はちょうどその頃、いつものように寺男を従えて、保枝の下宿先である十二軒町の豆腐屋直次を訪ねてきた。

六代目直次は、宥鑁とは以前から懇意にしていて、高野山の高僧として崇めていたからこそ、保枝の下宿先となることを快く引き受けたのであった。

「これはこれは和尚様、いつもお世話様でございます。花谷先生はとてもお元気に勉学にいそしんでおられますけど、つい先日、少しの間、守口の親戚の家へ手伝いに行くと言ってお出かけになりましてん」

「守口のご親戚いうてましたか。守口に花谷家の親戚がおるとは、聞いたことがないがなあ」

宥鑁は、困った様子で額に手を当てながら、さらに質した。

「先ごろといいますが、正確にはいつからですか」

直次の話によると、三日前の朝、荷物を風呂敷にまとめて、親戚の手伝いがあるとあわただしく出かけた。いつ帰るとは告げなかったが、「しばらく留守にする」と言っていたという。親戚だというので詳しくは聞かなかったのだという。

その頃の保枝の行動や様子を、宥鑁が執拗に尋ねると、何も変わったことはなかったと答えた後で、思い出したように付け加えた。

「そういえば、その前日、下宿に時々見える幣原のお嬢様やら、小野様やらのご友人が集まっとりました。せんにもそないなことがありましたさかい、いつもの勉強会やと思ていたんやが……」

これは何かあると直感した宥鑁は、その友達に会いにゆくことにした。


今村の帳面の話は宥鑁も保枝から聞いていて、その今村が失踪したことが、保枝の行動と関係がありそうだということは、友人の話からわかった。

保枝たちは、今村の下宿を突き止めることはできたが、家出同然に急にいなくなっており、どこへ行ったのかは知れなかった。

彼があてどなくふらふらと出て行ってしまうということは、考えにくいというのが、保枝とその友人たちの共通の意見だった。

今村の性格そのままに、下宿はきれいにたたまれていた。きっぱりとけじめをつけて、実家にでも帰ってしまったのだろうと保枝たちは考えたのだ。けれども、今村の実家がどこか全く不明だった。

保枝は今村の小学校時代の先生であったと思われる豪さんの家に行って、手がかりを探すと言い出した。

幣原たちは、そこまでしなくていいと説得したようだが、年長の保枝からどうしても、といつにない強引さで言われればもはや止めようのないことであった。節は、もしも困った場合は守口に近い自分の実家を頼るようにと、地図と手紙を持たせたという。

幣原も小野も、内に滾るものがある保枝の胸中をなんとなく理解を示しながらも、学業を中断してまで今村を追おうとする保枝の考えには賛意を表さなかった。むしろ、彼女の単独行動に危うさを感じていた。

「和尚様、このまま保枝一人で行動させるのは、心配でございます。もう三日も消息がわかりません。何とか探していただけませんか」

二人にも懇願された宥鑁は、陽が傾きかけてはいるが、寺男に手紙を持たせて、京街道沿いにある高野山真言宗の二、三の寺院や僧侶にも助勢を求め、守口の岩崎豪太郎の実家へ急行させた。

　自分も明朝、夜が明けから後を追って、とりあえず関目（せきめ）村の知り合いのところまで俥（人力車）で行き、寺男からのつなぎを待つつもりであると、先行した寺男に告げていた。

　翌朝早く、宥鑁の俥は大阪で最初に架けられた鉄橋、高麗橋から京街道に入った。

　この街道は、保枝が幣原、小野と連れだって、野江村にあるという豪さんこと岩崎豪太郎の住まいを訪ねる時に通った道でもある。

　京街道は東海道の大津宿から髭茶屋（ひげじゃや）追分で分かれ、伏見、淀、枚方（ひらかた）、守口の四つの宿を経て大阪高麗橋に至る街道である。この四つの宿を含めて、「東海道五十七次」と呼ばれることもある。もともとは豊臣秀吉が文禄年間（一五九二～一五九七）に大阪城から伏見城に至る道の整備のために、淀川左岸に堤を築かせたことがはじまりで、この堤を文禄堤と呼ぶ。

　長らく低地を歩んでいたかと思えば、淀川沿いの文禄堤が現れ、その高みを、広がる水田を見ながら進むという、起伏ある道程であった。

　関目村までは低地を行く。ところどころ泥濘（ぬかるみ）がある。さすがの宥鑁も気が急いていたか、夜明け前からもう支度をして、俥夫を励まして出発した。京橋を過ぎると、ようやく夜が明けてきたが、まだ行く人はまばらで俥や馬車にもめったに出会わない。それでも、時折、材木や農産物を運ぶ大八車だけが忙しく通過してゆく。

保枝の安否は気にかかるが、むしろ保枝の周囲に生じた今度の出来事を反芻し、これを保枝の肥やしにできないものかと、そればかり考えながらの俥中であった。

関目村の知り合いで茶に呼ばれていると、やがて寺男らが情報をもたらした。

「今村一志の実家は諸堤（もろつつみ）村にあるといいます。保枝さんはそこに向かったようです」

宥鑁は地図を広げて、

「それなら、もう帰路についているころかもしれない。行き違いになるかもしれんから、三手に分かれて探しましょう」

と指図し、京街道の上りと下り、それから諸堤村への脇道と三手に分かれて探索し、夕刻には豆腐屋直次に一旦戻るという段取りを決めた。

宥鑁は鍛えられた健脚である。供も断って、自分は脇道へ行くことにした。

歩速は速いが、宥鑁の歩く姿は急いでいる風には見えず、ゆったり確かな足取りである。道端にある地蔵菩薩や、道祖神があれば、立ち止まって、静かに手を合わせて挨拶してゆく。

一時間余り歩いたころ、案の定向こうから若い女性がやってきた。風呂敷包みを抱え、俯き加減でやってくる足取りは重いが、その姿、その歩容から、宥鑁はそれが保枝であることを即座に悟った。

「あ、和尚様」

保枝は宥鍐の姿をみつけて、驚いたように声に出すと、あとは言葉にならず、涙をあふれさせた。

「さあ、戻りながら、ゆっくり話を聞きましょう」

低く落ち着いた、包み込むような宥鍐の声風（こわぶり）であった。

今村の実家は、豪さんの調べですぐにわかった。

豪さんからは放っておいたほうがいいのではないか、子供ではないから自分で考えるはずだと諭されたが、どうしても直接会って話がしたいと、止めるのを振り切って保枝は出かけた。

今村は家の中にはいるようだったが、母親が対応し、どうしても本人には会ってもらえず、ついに諦めて帰ってきたという。

「保枝さんは、いったいどうしたかったのですか」

宥鍐に改めて聞かれ、自分はいったいどうしたかったのだろうか、改めて考えてみると、確かな答えは出てこない。

今村が誰にも何も言わずに消えてしまったことが得心できず、勢い余ってここまで来たのだろうと自分でも思う。

「もし、会えたら、保枝さんは何を言うつもりでしたのか」

宥鑁は、あくまで冷静に論を立てようとしている。

「とにかく、学校に連れ戻そうと……」

鬼束先生の講義の時にああいうことが二度あって、ついに講義が止まってしまった。これからもそういうことが起こることは必至だという怖れが、今村の過剰な反応になっただけで、大丈夫、みんなで応援するからと説得すれば、戻ってきてもらえるはずだと考えていたが、宥鑁に改めて聞かれると自信がゆらいだ。

保枝が黙っていると、

「同僚を思いやる気持ちはとても貴いことです、保枝さん。人は一人ひとり皆異なった生き物で、異なった生き方をするものだということも忘れてはいけません。人の身体と心は一体となって、浮かんだり、沈んだりしながらその人個人を形作るのです。僧侶は煩悩を抱える人と向き合う、医者は病を持つ人と向き合う。随分似ているところがありますなあ」

そこまで言って、宥鑁は区切った。

「はい」

保枝は僧侶の説法を聞くかのように、歩を緩めて姿勢を正した。

「共通しているのは、その人がその人らしく生きてゆくことができるように、少しだけ手を添えて差し上げることができる仕事だということです。煩悩や病とどう付き合ってゆくか、最終的に折り合いをつけて、実践するのは本人自身にほかなりません。医学のことはわかりませんが、悩める人と相対するとき、拙僧はこうあらなければならないと、あらかじめ形を決めることは決してしません。それだと、その人自身の出番を与えないことになりますからな」

今村が誰に相談することもなく、勝手に転落してゆくのをなんとか留めなければとの意識が勝った。そして、保枝はとにかく原状に戻す、つまり学校に連れ帰ることをいつの間にか優先させていたのである。

だが、そこへ至る道筋を、そして原状復帰させたあとどうするか、熟慮していたわけではなく、形ばかりにこだわったのだった。

今村の母親は、一志は今は誰とも会う気がないと言っていることを、保枝に伝えた上で、「一志は自分で学校に行きだし、今度は自分で『やめる』と決めて帰ってきた。決めるのは自分だから、それはそれでいいと思う」

という意味のことを言っていた。

その行動は、転落のように見えて、そうではないのかもしれない。誰が見ても間違っていると断定できるわけではないとすれば、自分に今村の意志を邪魔する権利はない。

ただ、あれだけ優れた才幹を持っている人が、医師への勉強を続けるのを諦めなければならないというのは、いかにも理不尽だと思う。

「でも、今村君は頭がいい。そういう人が医者になるべきやと、私は思う」

独りごつように保枝は呟いた。聞いていた宥鑁は、少し考えてから、

「それは、保枝さんの優しさであり、希望にほかなりません。けど、医師への道が彼という人間に一番合っているとは決めつけられません。優れた人なら、なおさら自分に合った道を必ず自分自身で探し出します。遠回りでも、納得して自分が選んだ道なら、生きる強さが生まれるものです」

今村が自身で悩み、考えた末に起こした行動であるなら、自分が今村に口を挟むのは、今村のためというより、自分の中にある割り切れない気持ちを何とかするための我欲に過ぎないのではないか。

だから、今は静観するのがいいのかしら。宥鑁と話を交わすうちに、保枝はそんな感慨を持つようになっていた。

大阪城の曲輪に和歌山城から移築された「紀州御殿」が建っている。丁度その遠景が二人の目に入ってきた時分、宥鑁は保枝に言った。

「保枝さんのしたことは、医者の道に外れているとは思いません。むしろ、人を慮る気持ちは、一番大切な資質だと拙僧は思います。ただ、ひとつだけ、保枝さんに小言を言わせても

らっていいですか」

「はい、もちろんです」

「大家の直次さんに、親戚の家に泊まりに行くといいましたね。あれはまことですか」

「嘘です。嘘をつきました」

「嘘も方便という言葉がありますが、あれは嘘をついてよいという意味ではありません。だれが見ても仕方のない嘘というものもありましょうが、自分のすることに自信がない時に、嘘は生まれるものです。自分の気持ちの中に、どこか糊塗したい、ためらいがあったのではありませんか。なぜ嘘を言ったのか、あとでよくよく考えることは大切です、これからの保枝さんのためにもです」

宥鑁は、嘘はいけないと頭ごなしに叱ることはしない分、その言葉は保枝の心の奥深くに沁みてゆく。自分の行動に、名状しがたい後ろめたさがあったことは否めない。宥鑁に指摘されるまでは見えなかった深い部分が、忽然と見えてくるのだった。

西の空は茜色に染まり、やがて没せんとする夕日が最後の陽光を二人に懸命に送ってくる。どこか遠くで時刻を知らせる鐘が鳴っている。

二人はどちらからともなく、早足になって大阪城を目指した。そこへ、向こうから一人の子供が息急(せ)き切って走り寄ってきた。法衣を纏う宥鑁を僧侶と認めてのことらしい。

「お坊様、じいちゃんが動けなくなってしもたんや。すんまへんが、どうかお助け下さい」

腰を折って懇願する。背が低いので小学生くらいの子供に見えたが、表情や言葉つきからは十五歳は過ぎているであろう青年である。寝屋川村から大阪に行く途中だという。

「おじいさんはどこにおるのやろか」

宥鑁が足を止めて、子供の大阪弁に合わせてやさしく尋ねる。

「あの柿の木の下で、休んでおます」

沿道に柿木（かきのき）が無造作に三本ほど植えられ、色づいた実が夕陽（せきよう）を浴びて季節を伝えている。

木の下は暗がりなので目に付きにくいが、指さしたそこに、痩身の小さな老体が蹲（うずくま）っているのが見えた。宥鑁は無言で歩み寄り、保枝も続いた。

「おじいさん、どうしました」

宥鑁が腰を低くして尋ねると、警戒するように、俯き加減だった頭をいくらか持ち上げると、無表情の中でまなこだけがぎょろりと光った。

「拙者は高野山の坊主、こちらは医者の卵、将来の花谷先生だから、何も心配しないでよろしい」

「おお」

老人がようやく出した声は、嗄（しゃが）れていた。

「痛いのはどこですか、ちょっと、拝見します」

そう断って、保枝は額や頬、上下肢（手足）を見て、それから表面を触った。熱があるわけではないが、額はやや汗で湿っている。ただ、頬や上下肢は皮下脂肪が乏しく、逆に乾燥していた。

少年が気を利かして、持参してきたカンテラを灯して、あたりを照らした。

「も少し、こっちに近づけてください」

保枝は少年に命じ、老人の結膜や、舌の具合をみた。それから脈をとった。

脈をとりながら、水を持参しているかと聞くと、少年が首を横に振った。それならと、自分の水筒を出してきて、

「おじいさん、これ少し飲んでください」

保枝は学校で習ったとおり、てきぱきと視診、触診をした。どこかに痛みや、動きが悪いところがあるわけではないが、寝屋川村から徒歩でここまで来るうちに、脱水症状が起きたものと思われた。

夏ではないから、そう簡単に脱水は起こらないが、診断学の講義で、赤ん坊と老人は、意外に脱水症状が出やすいことを学んでいた。

赤ん坊は体積が小さいからだが、老人は自分が喉が渇いていることにうっかり気付かずに

飲まず食わずで長時間過ごしてしまうことがあるのだと、講師が話していたのを思い出したのである。

素直に水を飲んだ老人を囲んで、あれこれ話が始まった。今年寝屋川村では洪水の影響で不作となり、農家は困窮し、少年は冬の間に出稼ぎをしようと、祖父の知り合いのいる大阪に出て行く途中だということがわかった。祖父は、まだ子供だと思っていた少年が、一人で大阪へ行くと言いだしたので、一人では心配だとついてきたのだという。

「段々、身体が言うことを利かんようになってきました。情けないことだす」

と還暦をとうに過ぎたという老人は、苦笑いしている。いつの間にか、そういう声にも張りが戻って来た。ゆるゆると立ち上がると、

「お蔭さまで、いくらか元気が出てきました、先生、おおきに。私らは休み休み行きますよって、どうぞお先に行かれてください」

老人は、保枝を先生と呼んで、折り目正しく礼を述べた。

保枝ら後期生は、交代で今橋四丁目にあった緒方病院や学校に隣接した大阪慈恵病院で実習した。今日では医学部学生が臨床実習で行える医療行為は、厳密に決められていて、患者にも学生であることがわかるようになっているが、当時はその厳密さはなかった。

常に医師不足状態であった病院は、後期生の実習は、医師の行為とほぼ同等に扱われ、事実上は人手不足の補充要員となっていた。

今村一志の一件は、学校にとっては小波でしかなかったが、保枝にとっては、医者になるということはどういうことか、改めて考える潮合（しおあい）になった。

保枝は何か考え始めると、そこに没入し、他のことが視野に入らなくなってしまう性質のようだった。先日までは、試験に合格するために邁進している自分があったが、今は、自分がいったい医者に向いている人間なのか。よくも悪くも、簡単には答えの出ない問いを発し、悩み続けている。

勉強にはどうしても身が入らないのであったが、それでも実習病院の当番日には、まじめに通った。

慈恵病院での外来でのことである。

五十歳を越えようかという年恰好の、田中と名乗る職人が来院した。診療録によると、五日前にも来ていて、「感冒」の診断で葛根湯が処方されていた。

「せんせ、薬飲んどったけど、熱は下がらへんし、食欲も出えへん」

男はだるそうに、保枝に訴えた。

保枝は黙したまま、目から舌、のどを視診したのち、胸を慎重に聴打診した。次いで、診察室内の寝台に仰向けに寝かせて、両膝を立て、腹部を触診した。手足の曲げ伸ばしをさせてみたが、動きの制限もなく、痛む様子もない。熱の発生源は見当たらなかった。

ただの感冒とは違う、「不明熱」である。けれども、五日前には鬼束先生が診察していて、「感冒」と診断しているのだから、間違いはないのだろうと考えながら、寝台から起きて支度してよいと言った。

ところが、寝台から起きて立ち上がる様子のぎこちなさが気になった。どこか庇っているような不自然な動きなのだ。

「田中さん、どっか痛いんとちゃいますか」

保枝はとっさに、そう聞いた。田中は、ちょっと驚いたような顔になった。そして返答した。

「はあ、ちいとだけですが」

どこがですか、と保枝が糺した。田中は小さく苦笑し、

「女先生には、見せられへんところですさかい」

「田中さん、もう一度寝台へ」

そうだ見落としていたところがあったと気付いたのと、毅然としてそう言ったのが同時であった。

「足の付け根を診せてもらいますから、ふんどしを取ってください」

自分の心臓は、勝手に踊っているのに、さも冷静に指示するときは、なぜか標準語になる。田中は「かなんな」と呟きながら、それでも観念したようにふんどしを外した。

「これですか」

つい口をついて出てしまうほど、一目瞭然だった。陰嚢全体が赤く腫れ、周囲の鼠径リンパ節にも圧痛があった。熱源がここにあったとは思いもよらなかったが、明らかになると冷静さを取り戻した。

「睾丸炎ですね。これじゃあ痛いでしょう。いつからです」

「はじめは大したことはなかったんやが、昨日あたりからかいな、歩きにくいんは。やけど、切るのはまっぴらでっせ」

「そこは、切りません。よくよく冷やしてください。薬も処方しますが、冷やすのが一番です。それで、明後日は鬼束先生が来られますから、診てもらいにもう一度来てください」

二日後に田中を診た鬼束は、花谷はなかなかやるじゃないかと思ったことは間違いない。

　病院で診療の実習を重ねているだけでは、試験に合格はできない。診療実習の様子は、医師としての適性をみるには意味があるだろうが、実際の開業試験への合格という観点になると、病院でよく遭遇する病に対する診断や、対処方法を経験するだけでは、圧倒的に不足なのである。

その不足分を補うには、迷いなく黙々と、ただ試験合格のための勉強を、自ら強いるしか方法がない。

今村失踪事件では、幣原も小野も全く動くことはなかった。

二人はいつも勉学を最優先し、試験合格のためなら他のことは犠牲にする一途さがある。幣原は口もとに柔らかい笑みをたたえ、みるからに育ちの良いお嬢様という感じである。小野はめったに笑顔は見せないが、よく通るはきはきした言葉ともども、彼女の意志の強靭さを示している。

小野安は、勉強することをよく「自学する」という。聞き慣れない言葉だったので、どういう意味か、保枝は尋ねたことがある。

自学とは自習とは違って、「自分の頭で考える」という意味なのだそうで、父の弟子から父小野梓の言葉として教えられた。

人に教えられるのではなくて、自分で考え抜いて道を拓くのが自学ということなのだ。以来安は、意識してこの語を使っているのだと説明してくれた。

ちなみに、安は梓の一人娘で、土佐の宿毛で生まれ、父親が三歳時に死去後、親戚や弟子たちの援助で、地元で英才教育を受けた。満十四歳で周囲の勧めで大阪に出て、医師を目指すことになったのである。

今村失踪事件で、友人二人の賛同が得られないまま単独行動し、挙句に何ら具体的な成果もあげなかったばかりでなく、幣原や小野と同じように、一途に勉学に打ち込んでいた勢いが、錆びれて尻すぼまりになっているのをどうしようもない。

宥鑁和尚は「保枝さんの人を慮る気持ちは、医師として一番大切な資質だと拙僧は思います」と言ってくれた。だが、自分は医師としての冷静さに欠け、間違った方向に突っ走って重大な失敗を惹き起こすのではないか、との疑念が晴れない。

この迷い、潜考熟慮の時間は、あとあと考えれば保枝の精神の形成にとって、必要な過程であったのかもしれない。しかしその間、仲間たちの歩速には、明らかについて行けなくなったのも事実だ。

先に後期組に在籍していた近藤小春は、女性五人の中で先んじて、明治三十三年（一九〇〇）秋の後期医術開業試験に合格し、翌年医籍登録した。

翌明治三十四年春には、近藤と同年の駒井たけへ（資料によっては駒井花江とある）が合格している。この人は間もなく巽姓になっているが、比較的早く没したらしい。残されたある資料によると、彼女は奈良県山辺郡福江村出身というが、その生涯は不明である。

幣原節、小野安の二人は明治三十五年（一九〇二）春、ついに後期試験に合格した。幣原は明治三十六年四月、二十歳になるのを待って医籍登録した。小野は同十二月に登録した。

緒方正清の産科、婦人科の臨床講義は、他のどの教授の講義より人気が断然高かった。ドイツ仕込みの専門用語を巧みに操り、留学先から持ち帰った和書ではみられない迫真の多色刷り図譜を使った授業は学生たちを魅了した。

小野安は、正清の産科婦人科学の虜になり、産科婦人科学は誰よりも勉強し、成績も圧倒的だった。正清の覚えもめでたく、彼女は医籍登録と同時に緒方正清に正式に弟子入りした。明治三十五年秋には、さらに村上琴、福井栄、河村龍野が合格し、保枝は年下の仲間たちに次々と先を越された。

前期試験合格は、保枝が仲間の女性の中で一番早かったのに……――。

親友二人の合格は、保枝にとっても嬉しくてお祝い会をしようと提案したが、二人は申し合わせたのか、保枝が合格するまでそれはお預けにしたいと断ってきた。

保枝がずっと悩んでいて、どこか勉強に打ち込む勢いに失速がみえることを二人はずっと感ずいてはいたが、それを言葉で言ってみても無力だということもわかっている。せめて、保枝の合格を待ち望んでいることを、こうした形で示すしかなかったのである。

だが、二人が待ち望んだ明治三十六年春も、保枝は合格できなかった。やはり、絶対に合格するとの尋常ならざる覚悟で、勢い込んで準備しなければ合格できるものではなかった。失速したままあわよくばと試験を受け、運を待っているようでは結実するはずはないのである。

不運は重なる。丁度同じ時分、医学校に重大な案件が持ち上がった。

ある外来講師から講師料遅配の苦情が緒方校長のところに届いた。苦情と言っても、ある会食の時にその講師から、

「緒方先生、学校の財務は順調なんでしょうね」

と聞かれた。

「……だと思うが、二カ月前、緒方病院の事務から異動してきた古株の中谷事務長が退職して以来、詳しい報告は受けていないのだが、何かありましたか」

「いや、講師料の支払いがどうもね。私は病院が本務だから医学校からの給与は大してあてにしていないけども、ちいと心配になりまして」

緒方病院に内科医として勤務する、緒方より年長の医師の話だ。

至急調べておきますと返事をしておいたのだ。過去にも似たようなことがあり、たまたま生じた経理上の遅れであろうと正清は思ったが、念のため新事務長に調べさせた。

その事務長が、ある時、たいして持ち重りしているとは思えない資料を、重たそうに抱えて校長室にやってきた。

「校長、どうも変です」

表情が沈んでいる。

「何がだ」

正清はひょっとして例の遅配の件かとは思ったが、ほかにも、講師の手配がなかなか追いつかない、学生数のわりに開業試験の合格率がなかなか振るわず入学者の質の低下も目立つなど、いくつも懸案事項を有していた。それゆえ、事務長に答えを催促した。

「この半年、外来講師の講師料はほとんど支払われておまへんのです」

「えっ、どういうことなんだ」

「会計原簿には、講師料の支出があるのですが、何人かの先生に確かめたら支払いが滞っていると……」

眉間にしわを寄せて不機嫌な表情になった正清は、資料をめくりながら、

「中谷を連れてこい、糺さなければならん」

「中谷さんは、もう来てませんが」

「そんなことわかっておる。首に縄をつけてでも引っ張ってこいと言っているんだ。すぐに

中谷の家へ行け」

新事務長は困った顔をして引き下がった。

中谷は緒方病院の事務部長候補の筆頭と目されていたのに、後からできた医学校の事務長に転任させられたことを左遷と感じ、相当に不満だったこともわかった。

中谷に任されていた医学校の財務を洗いなおすと、惨憺（さんたん）たるものであった。束脩（そくしゅう）の集金は杜撰（ずさん）で、滞納者が多かったり、支援者からの寄付も減少していた。当初、この医学校を支援していた篤志家たちは、成績不振な学校の様子を見ているうちに、支援する情熱が薄れ、離れていったのである。

中谷は、これらの状況について校長らに報告もせず、対策も立てずに放置していたのである。

緒方正清のこの頃の人気は頂点に達し、日々の病院での診療に忙殺されるだけでなく、医学校のほかにも近くの英語学校の校長までも引き受けていた、さらには、大阪の産婦人科学会を立ち上げ、自身で産婦人科の専門病院を新設する準備も進められていた。

こうしてみると、医学校校長は、多くの業務の中での一部に過ぎず、学校の運営、経営に関する隅々まで目を行き届かせることは、物理的に無理だったのである。

正清に叱咤された新事務長が、詳しい事情を尋ねるために、退職した中谷宅を訪ねたが、過去に届けられていた住所にはいなかった。家族ともども引っ越したとのことで、行方知れずになっていた。

中谷には、学校の事務、経理について業務上の着服、横領の可能性があると正清や学校の幹部も疑ったが、本人の所在がわからない以上、詳細を調べることもできなかった。

それから三カ月、正清は調査を促す一方で、前校長で最高顧問の惟準ら緒方病院や学校の幹部と、幾度も打合せを行った。やがて、結論が出たのである。

大阪慈恵病院医学校は、今年度を以って廃校とする。

廃校と決まり、講師謝金も出なくなった学校に、医師としての本務に忙しい客員の講師は出講するはずはない。協力的であった実習病院も協力中止を申し入れてきた。

この突然の廃校で、最大の被害を受けたのは当然、在学生である。

建物はあるが、講師がほとんど出講しない学校など、ないも同然であった。年度終了を待たずに学生も来なくなった。

ある記録によると、約四十名いたとされる女子学生は、前後期合わせて二百名前後いた男子学生とともに、行き場を失ったという。

この女子学生の中に、保枝はもちろん入っており、後期組ではほかに福間ハル、谷本薫、邨(むら)田恵美、荻谷玉枝、上羽志満、富山康、三谷茂、正井スミ、丹羽美智、橘薫、久恒静枝、油川太嘉らがいた。

大阪慈恵病院医学校の学生は、初等教育が済んでさえいれば無試験で入れる水準の、医術開業試験だけが目的の予備校だから、全体の学力は決して高くない。保枝はそういう劣悪な環境で勉強したことになる。そして、試験に合格できるのは、その中で上位数パーセントにすぎないから、周囲と同じ集団の中で漫然と学習していても望みは成就できなかった。尋常ならない覚悟で猛勉強し、圧倒的に優秀な成績を収めるしか、女子が医師になる道はなかった。

間もなく大阪市北区出入橋にできたに関西医学院（校長佐多愛彦）は、学校を追い出された格好の男女学生を受け入れたので、ある程度の人数は転校した。しかし、新たに束脩が必要であったし、自動的に転校できたわけではない。

成績不振のまま何年も無為に在学していたかなりの人数は、これを潮に諦めて実家に戻る者も少なからずいたし、実家からの金銭の仕送りに困らない者の中には、無頼に化した者もいた。

保枝はこの事態を、暴風雨の中を抛（ほう）り出され、地図も方位磁針もなしに目的地へ行けと言われたに等しいと感じた。

実家にも、宥鑁和尚にも、これまで継続的に支援が続けられ、激励されてきた。

開業試験に合格しなければ、重く熱き恩をないがしろにすることになる。今この暴風雨の中で遭難しては、皆に顔向けがならないばかりか、ずっとそれを引き摺った無為な人生を送るだけではないのか。

ふと、安のよくいう「自学」という語が浮かんだ。人生は自学し続けること、悩んで勉学に打ち込めないなど、「自学」の精神にもとることだ。

保枝も、他の多くの女子学生も、この逆境にかえって力を与えられた。

資料から関西医学院に行ったと確認できるのは、福原ハル、谷本薫、荻谷玉枝、正井スミ、橘薫、久恒静枝、油川太嘉の七名だけである。

保枝が転校したとの記録はない。間もなくの試験まで、最後の踏ん張りを昼夜兼行で実行した。

甲斐あって、明治三十七年春（一九〇四）の試験で及第、同年九月に医籍登録を行った。

保枝の医籍は、出身地の奈良県でなく、高野山がある和歌山県に登録している。保枝はこの時、満二十二歳であった。

幣原、小野と保枝、女の俊才三人での祝いは、豆腐屋直次の二階で小さく、しかし喧（かまびす）しく開かれた。むろん直次は、精一杯の豆腐料理と、灘の銘酒を差し入れた。

保枝は試験合格者で和歌山県登録者の九番目であるが、何より女子の登録としてははじめて、第一号という快挙であった。

和歌山県に登録したということは、この時点で本人が高野山での開業を念頭に入れていたのかもしれない。

ちなみに、和歌山県での二人目の女性医師は、明治二〇年、有田郡湯浅村生まれの根来とし（登志）という人で、保枝よりかなり後、明治も間もなく終わろうとする明治四十四年の合格である。

一方、保枝は奈良県出身者で開業試験に合格した女性医師としては、記録上は駒井たけへ（明治三十四年春合格。その後の消息はたどれない）に次ぐ二人目である。以後明治年間に奈良県からの女性医師は、やはり明治も終わりになる四十四年登録の渡辺コマン、坪村マサエまで誕生していない。

9 解禁女人禁制

宥鑁は、真言宗の根本経典である「大日経」「金剛頂経」など重要経典は完読会得しただけでなく、真言宗の論疏（論文）や弘法大師の「秘密曼荼羅十住心論」などの著作も次々と読破している。

こうして、今や高野山きっての碩学の徒になっているだけでなく、彼は檀家を回って、そこで発生している紛擾を収めたり、悩みごとの相談にのったりすることにいやな顔一つみせない。無論、山の若い修行僧たちの艱難に深い理解を示し、進んで話を聞いてやるから、彼らからの人気も高かった。

だが、相談事には、しばしば病や、心身の不調のことが混じってくる。

僧侶は病と無縁ということはありえないし、町家やそれとは別に花街も近在していて、そこからの病も無視するわけにはいかないが、さすがにそれは、宥鑁の博識をもってしても畑が違い過ぎる。

ただ只管(ひたすら)大師様にお縋(すが)りすればよいというだけでは済まされない話なのは、宥鑁自身もよく弁(わきま)えている。

保枝は高野山の有力な檀家の子供であり、高野山のことは小さい時から知り尽くしている。女性ではあるが、いや、女性だからこそ高野山の医師にうってつけなのではなかろうかと宥鑁は前々から考えていた。それが、保枝を医学校にやり、試験に及第するまで親代わりに尽くす力となった。

高野山という特殊な社会だからこそ、山が率先して西洋医を育成する気にならなければ、山で格段に進んでいる泰西医学の恩恵にあずかる機会は来ない。そう信じた宥鑁は、それが自分に与えられた使命ででもあるかのように行動してきたのである。

まだ、保枝の意志を真正面から確かめたことはなかったが、花谷医師に高野山で開業してもらいたいという宥鑁の永年の念願を叶えるには、保枝が暮らしやすく、仕事がしやすい環境を整えることが急がれる。

拈華微笑(ねんげみしょう)、環境を整えて、宥鑁が懇請する時宜さえ間違わなければ、保枝は首肯してくれるはずだという自信が彼にはあった。それだけ尽くし切っていたからである。

先ごろ試験に合格した保枝は、今は大阪慈恵病院からも乞われて、そこで診療していた。後期組の病院実習で、彼女の臨床医としての観察眼や、診療態度は、あの睾丸炎の診断を持ち出すまでもなく、病院ではかなり高い信頼度と評価があり、病院の医師として正式に入職してほしいと院長から誘われたのである。

今なら、医師国家試験に合格したあと、彼らは二年間は大学病院、研修指定病院などで複数の診療科を回り初期研修を行い、その後、希望の科に入局して数年は後期研修医として勤める。規定の年数の臨床経験を経て、各科の専門医試験に合格すれば、ようやく名実ともにその科の医師として認められる。

それから後は、大学病院で研究、教育をしながら臨床をする人、病院などの勤務医として働く人、開業を準備する人と、進路はまちまちである。

近年（二〇一四年統計による）、日本の医師の内、開業医は四十パーセント弱であるが、年齢分布は四十歳以上が多い。一般には三十四、五歳前後から開業医志向が段々増えてくる傾向にある。

保枝の当時は、これとは大分様相が異なる。

開業試験に合格すると、男女とも間もなく郷土に錦を飾る形で帰郷し、新規に開業したり、親の開業を手伝う者が多かった。だが、保枝が生まれ故郷の池津川に錦を飾ることはあり得ない、人口が少なすぎるからである。

合格して医籍登録する期間がしばしば開いてしまうのは、すぐに帰郷開業せず、合格後、保枝のように学校の付属や近隣の病院などでしばらく研修（当時は研究といった）している場合があったからだ。

保枝は大阪という池津川とは著しく違った都会の空気を吸い、西洋医学という新しい学問に浸(ひた)った日常の中で、いつの間にか自分も徐々に大阪人になっている気がしていたのも事実である。

だから、何とはなしに、どこか大阪周辺の病院に正式に就職させてもらおうかとも考えていたから、この度の大阪慈恵病院の誘いのことは、宥鑁に伝えるつもりでいた。

宥鑁が、保枝にこれまで、直接は言わないが、高野山に西洋医学を学んだ医師が絶対に必要だと本気で考えていることを保枝は察してはいるが、女人禁制の風が強い地に自分が関わることはありえないのではないかとも、一方では思っていた。

保枝を高野山で開業させるにあたっての最大の障壁は、受け入れ側である高野山の情況にあった。保枝が察する通り高野山の山の規則――女人禁制(にょにんきんぜい)。

明治五年太政官布告で、女人禁制は公式には解かれたものの、その後も高野山では表向き無力化されているはずの山規の影響が、まだ色濃く残っている。

婦女ハ僧風ヲ乱シ法命ヲ断絶スルノ紹介ナレバ末世ノ僧侶ハ之ヲ遠ケ、決シテ寺内ニ止泊セシムベカラズ、但七歳巳下ノ小児ヲ寄留セシムベカラズ

僧風及び山務を定めた山規の一番目にこう記載され、婦女は即日帰村が決まりとされた。やむを得ない場合の止宿も、金剛峯寺にある教義所によって厳しく取り締まられた。

山内の町家に対しても、

一　家族召使ノ別ナク婦女ハ一切止宿致サザル事

一　魚鳥獣肉葷辛（にらやネギのように臭気のある野菜や生姜のような辛みのある野菜のこと）鶏卵等販売及啖食（がつがつ食べること）致サザル事

一　婦女の衣服頭飾等ノ物品販売致サザル事

など山規には事細かに決め事があった。

明治十四年七月九日からの三日間、天保十四年に焼失したままであった山の象徴的存在である大塔の再建の起工式が、ようやく行われた際や、その三年後（同十七年）に、大師一千五十年御忌大法会の際には、女人参籠が大いに増加した。同年八月の同善新聞は以下のように報道した。

――一山の各寺院、日々八、九千人を宿泊して余地を残さず、女人の参籠所は小狭にて用を

なさず、町家に隙のあらん限りはこれを宿泊せしめしかど、是とても尽くさず、已むを得ず此の法会三日間に限り、寺院に女人を宿泊せしむるも苦しからずや……——。

三日間に限るとはいえ参籠の女人が高野山に宿泊することが許されるという、前代未聞の事態が生じたのであり、済し崩しが始まった瞬間であった。

明治二十年代からは、周囲の官有林の立木の払い下げ事業に伴い、労務者や新商人が山内に入り込むことが多くなる。この人たちにとっては、高野山の山規は他人事である。

明治二十一年と二十三年に山内には大火があり、寺院は疲弊し、寺院が貸していた長屋の復興も遅れた。長屋から出て自分で店舗や家屋を新築する者や、新規の移住者が増えたりし、それに伴って女性の家族も当然増える。

そういう状況下で女人の存在を取り締まれといわれても、勢いはどうしても鈍くなった。

女人禁制の規制は、山の行事や災害のたびに、緩みが出てきたのである。

宥鑁は明治十二年（一八七九）には、焼失していた遍照光院を蓮花谷に再建、後年新書院、表門、石橋などを新築した。ここから、宥鑁の高野山での確かな足跡がはじまる。

同二十二年には金剛峯寺債務整理委員、堯寿院、寂静院、同二十三年、蓮華三昧院、同二十五年には遍照光院に隣接する地蔵院の住職を兼任するなど、高野山での地歩を固め、高野山に確たる根を張り、知友も多いのだった。

保枝が慈恵病院医学校に入学した明治三十一年頃には、宥鑁の世話で檀家の娘が医師を目指すことになったという讃談が流れたが、それは宥鑁自身が流布したのではなく、周囲の誰か消息通が流したに過ぎない。

保枝が後期組に入った数年前からは高野山にも西洋医学が必要だと、宥鑁も位の高い僧侶にそれとなく説きはじめた。

より親しい僧侶には、地蔵院の檀家の娘が医学を学んでおり、高野山で開業する意志も持っていることも伝えていた。

誰もそのことに表立って反対はしないけれども、自分や周囲が病で苦しんだ体験を持たない者は、大師のお膝元に医師などいるのだろうかと、漠然と思っているし、まして女性医師が山に来ることには抵抗を感じるにちがいない。

保枝を高野山内で開業させるには、何を措いても、金剛峯寺座主、原心猛の首を縦に振らせなければならない。

原は明治二十年から座主の座にあり、現在は七十三歳の高齢で、体調が優れずに臥せっている日が多くなっていた。

宥鑁は二十七年（一八九四）、金剛峯寺会計係に就任し、以後も宗会法務所委員、教議書会計主任、高野山保存会設立委員などを歴任してきた。これらは高野山でもかなり上位の職責ではあるが、宗務総長を筆頭とする座主を直接補佐する七人の執行（しぎょう）（責任役員）になったわけではない。

座主と直接話ができるのはこの七人だから、宥鑁が座主に直接面会することはかなわず、ナンバー2である宗務総長、快厳に会うしかなかった。

快厳とは、長い間互いに知り合ってはいるが、彼は物静かで、表情を変えることはなく、めったに自分の意見も出さない。

「快厳殿、すでに聞き及んでおられるかと存ずるが、地蔵院のある檀家の娘が苦学の末、ようやくに医術開業試験に及第し、今大阪におります。本人は、因縁浅からぬ高野山のためになりたいと申しております。先般も、快厳殿も親しくされていた老僧が、風邪をこじらせて手遅れになり、山を下りなくてはならなくなったばかりでございます。山は、医学の進歩から取り残されておるのでございます」

などと精到に話を持っていった。いつものように、何も言わず、頷きもせずただ聞いている。

「この度はロシヤとの間に戦が開かれました。山の町家の男たちも駆り出されはじめているようでございます。山に女子を住まわせることを、これからもご法度になさるおつもりですか。それだと、山の生活はいずれ立ち行かなくなります」

折しもこの年（明治三十七年）、二月八日に日露戦争が勃発した。男子の若者を兵力として投入することが、国策である。すると、家は婦女子が守らなければならない道理である。明治政府は、また高野山に何か言ってくるに違いない。宥鍐はそう読んでいた。

山に女性医師を住まわせたいと直接進言する代わりに、日露戦争で男手が足りなくなり、家を守るには、残った女子に頼らざるを得なくなっている世の現実を引き合いに出したのである。

明治政府は開創以来千年にわたって高野山が管理、保護してきた山林を、上地令でほとんどを国有林とし、伐採がはじまる。その前年の明治五年に出された、女人禁制廃止の太政官布告とともに、ここで政府と金剛峯寺の対立は、より根深いものになった。

日露戦争勃発直後にも、政府は高野山金剛峯寺に対し、山規を見直し、山内に女性の居住を認めるよう圧力をかけてきた。

国は高野山だけが頑なに女人禁制の風を残して、太政官令よりも山規を重視していることに業を煮やしていたので、ここぞとばかり一層圧力をかけてきている。

これには心猛も快厳も頭を痛めていた。

「座主は政府とけんかをするおつもりはない」

快厳が重い口を開いた。

「ですが、守旧派を抑え込むことも憚られましょう」

宥鑁がその先に回り込んだ。あっさりと政府の指示に従って、女人禁制を放棄すれば守旧派は黙っていない。

快厳が宥鑁の意想外の懸念表明に珍しく眉根を開いた風で、次の謂いを待っている。

「山規を不文律とすると言えばいいのです。政府からみれば高野山規則という最大の厄介物がそれで完全に取り除かれる。これこそ快哉を叫びたくなる結末です。守旧派には、表向きは政府に恭順したと見せておいて、不文律にしただけのことだと説明すればよいのです」

快厳がこれを聞いてニンマリしたことは間違いない。

それから間もなく、金剛峯寺は山規は完全撤廃するとの返事を政府に認めたのである。

バルチック艦隊を撃破した日本海海戦勝利の興奮が残る明治三十八年（一九〇五）六月八日には、町家惣代十四名を招集し通達した。

「山規は不文律にする」

これで、表向きは一切の高野山規則が消滅した。女子が山内に居住しようと、規則がないのだから誰も罰することはできなくなった。

不文律だから、当然のこととして厳守せよともとれる。これは、明らかに守旧派を意識した宣言でもあった。

明治三十九年六月十五日の開宗一千百年記念大法会を前にして、女人の登山は増える一方だった。いくら「不文律だから守れ」と口で言っても、力はない。女性は高野山の寺院に参籠したいだけなので、罪があるはずはなく、女人禁制といっても高野山外の人々にとってはもはや歴史的な響きしかなくなってきた。

宥鑁はもちろんそうした時の変化をよく了解していた。

山内の町家には、すでに何人も女人が居住し、妻として、また何人かは店の女主人、あるいは雇人として働いているのは紛れのない事実。

その上、参籠してきた老婆や病身の女性を即日下山させるなど、僧侶としていかにも無情に過ぎる。相談されれば、宿泊させないわけにはゆかないことも、彼は十分心得ていたのである。

すでに高野山の高僧として名を馳せている宥鑁だが、単に古い伝統を死守するのではなく、山の外にも目を拡げることで時代の流れを、身をもって実感していた。

明治三十七年深まる秋の一日、宥鑁の遠回しの請願を受け入れる形で、高野山に突如女性医師がひっそりと誕生した。

高野山で生活している人々にとっては、いきなりそういうことになったと感じたのであろうが、保枝と宥鑁は、慎重に綿密に打ち合わせ、保枝の山内での開業準備をした結果である。必須の診療道具である、聴診器と打診器は保枝の好みのものを入手することができた。中でも、自身も習った鬼束先生が特許を持つ「鬼束式聴診器」は象牙製で二円八十銭もするものだった。総桐箪笥一竿七円のころだから、今の価格にすればその聴診器は四十万円以上に相当する立派なものである。

宥鑁が東京の本屋にまで手配して揃えた医学書は、さらに貴重品だった。一旦山に登れば、指導する先生や先輩医師はおらず、容易に図書を利用することもできないから、自分で選んで買い揃えるしかなかった。

入手したものは「能氏内科臨床講義」「智兒曼斯(チルマンス)氏外科学総論」など洋書の日本語翻訳版が多かった。能氏とはハー・ノートナーゲル氏のことであり、後者はヘルマン・チルマンス氏のことである。いずれもドイツの大学医学部教授である。そうした最新の教科書も次々と買い入れていった。

宥鑁は保枝の開業のために貯蓄もし、また保枝の実家だけでなく、高野山に医師が在住することを期待する理解者を頼って募金をしながら、開業に必要な本や器具を揃えていったのである。

ドイツを真似た医薬分業は、建前として早くも明治七年（一八七四）には発布されていたが、薬剤師や薬舗は絶対的に少なく、人々も薬は医者から直接投与を受けるものという古来からの習慣が強固で、「当分の間、従来通り医師が投薬してよい」ということになり、分業は令和の世になってもなお、完璧には実現していない。

そうした中、宥鑁と保枝は、医薬品を卸す薬問屋との話し合いもつけ、定期的に山に届けてもらう手筈を整えた。

保枝の開業、居住場所として、地蔵院の二部屋を宥鑁は貸し与えることにした。これは宥鑁の独断で、それ以外に保枝を高野山内に住まわせる選択肢がなかったからである。

地蔵院は東西に長い高野町の東寄り、蓮花谷にあり、尊海阿闍梨が建久年間(一一九〇〜一一九八)に開基したとされる。

与えられた一室は正面から庭を隔てて、中は木々で隠された東南向きの十畳間で、陽当たりがよかった。そこは、診察室兼居室とし、もう一室は隣室だが、外に面さない六畳ほどの部屋で、ここは着替えや寝所として用いた。

準備はできたが、寺院の門前に「花谷医院」の看板を出すことも、女医が診療していることをことさら公にしたりすることは憚られた。

開業するにあたり、高野山で医業をずっと行ってきた漢方医、中島医師の自宅に保枝は挨拶に行った。

中島は保枝を家の中に入れず、玄関口で「そうですか」と素っ気ない発語をしただけであった。

その様子を聞いた宥鑁は、庇い立てるように言ったものだ。

「そんなところだろうあの人は。形だけ挨拶を入れておけばそれでよろしい」

当時の高野山の寺院は、例外なく格式が高く、町家の者が寺の表門から入ることなどできなかった。花谷医院の開業が地蔵院だということは、誰でもその医院に通える気軽さからは程遠いということである。

地蔵院の花谷医院は、宥鑁が患者を連れてくることから始まった。

はじめに連れて来たのは、山内で数珠や仏具を商っている店主の妻であった。数珠屋の店とは、檀家としての付き合いが以前からあり、宥鑁は何かと相談に乗っている。

数珠屋のフサは、五十歳くらいの気のいい人で、昼間は元気だが、夜になると発作性に咳き込んだり、呼吸困難になったりすることがあり、ひと晩中眠れないこともあった。

保枝は、早速十畳間の一角に寝かせて、丁寧に診察した。

診療録に記した内容は、以下の通りである。

体格は中等ニシテ、筋肉皮下脂肪トモニ尋常に発育シ、浮腫ナシ。脈搏七十、橈骨動脈軟ニシテ充実シ、脈波緊張。体温三十六度三分、呼吸ハ一分時ニ二十一乃至二十二ヲ数エル。

会話中、咳嗽数回連続シ、コノ時ハ鼻翼拡張、甲状軟骨下行シ、胸鎖乳突筋、斜角筋ハ牽縮ス。胸部打診スルニ両鎖骨上窩少シ濁、他ハ清明。聴診スルニ、心音ハ正、前胸部右方ニテ肺胞音、時ニ笛声アリ。左方ニ於イテハ時ニ笛音アルモ、総ジテ健常ナル呼吸音トスベキモノナリ。

病歴からも、診察結果からもフサは気管支喘息があり、時々発作が生じているが、現状は頗る安定している状態であることがわかった。

話好きのフサは、先生が山に来てくれたことは、自分たち山に暮らす者どもにとって、どんなにか心強いか、繰り返し感謝の言葉を発した。

保枝は気管支喘息の発作はいつ襲ってくるかわからないが、まずは心の平安を図ることが大切だから、フサが保枝を頼りに思ってくれる、それだけでひとつの予防、治療になると思った。

その上で、風邪をひかぬことが大切なので、寒さへの防御と、疲労を避けることが肝要だと諭した。

もし喘息発作が出現した折には、慌てずに自分が楽だと思う姿勢をとり、同時に辛子泥を胸部に塗るとよいと指示し、これを処方した。

それでも収まらぬ時は、人を寄越してくれればすぐに伺いましょうと保枝は約束した。

フサは、地蔵院から裏道をたどれば、五分もかからない町家に、店舗と隣接して住んでおり、主人は付近の町家惣代であった。その距離だから、夜の夜中でも駆けつけることができる。

帰りに、フサは宥鑁和尚から頼まれたことだがと断って、女物の洗濯物や、医院で出る汚染物は、店の雇人が定期的に取りに伺うから遠慮なく持たせてくれと言った。

確かにこのことは、保枝が地蔵院に住み、医院をするのに大きな障壁だった。

寺院の裏庭でさえ、女物の洗濯物を干すわけには行かなかったし、月のものに際しての汚れ物も、決して人の目に触れてはならなかった。もちろん、寺の者に頼むなどはありえず、悟られるだけでもいけないことであった。

町家であれば、女が住んでもよいことが公になった今なら、女物が干場にあっても支障はないし、フサは高野山の生活の何もかも心得ている年配なので、保枝にとっても遠慮がなく、有難い存在であった。

診療をすれば、多くの汚染物（今日でいう医療廃棄物）も出るのは当たり前だが、まだ、これに関する規則や法律はなかった。伝染に関わる場合もあるので、規則はなくても責任は医師にあり、扱いは慎重でなければならなかった。

この点も、フサと細かく打ち合わせることができた。

保枝は、数珠屋フサから、さらに大事なことを知ろうとしていた。

それは、町家にはどんな人々が住み、どんな生活をしているかということであった。

地蔵院に医者がいることは、次第に知られるところとなるだろうが、開業が地蔵院内という特殊な立地は、すぐに患者が陸続とやってくることを拒んでいるようなものである。

事実、宥鏤や地蔵院の副住職などを介してでないと、患者は簡単にこの医院に辿り着くことはできなかった。それは保枝の望むところとは違っていた。

はじめのうちこそ、そういう形で一人ひとり研究しながらじっくり診察することは、医師になったばかりの自分の能力からは丁度いいかもしれない。けれども、やがては、高野山やその周辺に居住する人たちすべての健康を預かるという使命を果したいという気概は、保枝の中に秘められていた。

山内の僧侶や寺男たちが病気になれば、おそらく宥鏤や、各住職らを通して診察を頼むことは比較的た易いであろう。

町家のほうはとなると、地蔵院の檀家は別にして、花谷医師の診療を受けるのは、なかなか容易ならない壁がある。その障壁とは、医院が地蔵院内にあるということのほかにもうひとつ、医師が女性だということが関係していよう。

今すぐ、七千人を優に超える山の人々の健康を預かるだけの能力も経験も不足していることはよくわかっていたが、こちらから進んで障壁を外してゆかない限り、保枝が望んでいる理想の役割はとても果たせない。

障壁を外す第一歩は、山に住む、とりわけ町家に住み人々の様子をよく知り、こちらから近づくことだと、保枝は考える。

これは保枝の生まれ故郷池津川で、宥鑁が檀家回りを度々行っていた際、村の人々の姓名は無論、その暮らしや健康状態を具(つぶさ)につかんで、絶妙の頃合いで助け舟を出していたあの行為に学んだ感覚である。

数珠屋フサに、それとなくこの話をすると、顔の広さを盾に花谷医院応援婦人会長を勝手に立ち上げて、寺の裏口から保枝のもとを度々訪れては、あちこちの町家の様子を話してくれた。

保枝は、それをしっかりと頭に入れ、大事なことはあとで帳面に書き付けておいた。

10 四達

宥鑁が連れて来た二人目の患者は、ある寺院に加行に入ったばかりの雛僧で、十六歳になったばかりの長江俊三郎である。

いわゆる口減らしで、一昨年能登の実家から、高野山に里子に出される格好で入った子供だが、実家は明治維新になる前には、相当の武家だったらしい。

はじめは寺の生活になれることからはじめていた。

大人しい子で、同僚たちの中に入って賑やかに話したり、騒いだりの姿は誰も見たことがなかった。

十六歳になったところで、いよいよ加行に入ることになったが、やがて黙り込みは一層顕著になり、食欲はなく、眠れない様子で表情も乏しくなってしまった。

寺の住職や先輩修行僧が叱咤激励しても、ますます沈むばかりで、困った住職から宥鑁に相談があった。

宥鑁も俊三郎に一度会ってみたが、何も話してくれず、医者の力を借りたいと考えて連れて来たものだ。

保枝のところに連れてこられたこの雛僧は、

「俊三郎さんというのですね」

診療録を手にした保枝の問いに、無言で頷くだけで表情は硬かった。

「いいのです、無理にしゃべらなくても、先生は何人もそういう人を知っています。しゃべらないことは俊三郎さんの人品や能力とは全然関係がありません。地蔵院の宥鑁和尚とよく相談しましたが、しばらくはここ地蔵院でゆっくり過ごしてください。寝たければいくらでも寝ていいですし、書物を読みたければ、どうぞ読んでください。ただ、境内の外にはしばらく行かないでくださいね。それで、毎日二回ほど私とお話をしましょう。でも、私と仲良くなるまで、何もしゃべらなくても構わないんですよ。私が勝手なお話をしますから、聞いていてくだされぱいいのです。よろしいですか」

俊三郎は、さっきと同じように無言で頷いた。その肯定は、自身としても何とかしたい気持ちがあることの表れだから、保枝はひと安心し、とりあえず、「神経衰弱」を仮診断とした。

この当時、精神病院は「癲狂院」と称した時代である。

精神病者は皆、「狂者」とレッテルを貼られ入院するのがふつうである。鬱狂、躁狂、妄想狂、偏執狂などと、病名には必ず「狂」がつくというように、精神疾患の考え方や分類もまだちっとも科学的なものではなかった。

これからすると、俊三郎の仮診断も「神経衰弱狂」となる。

実際そういう病名を記した教科書もあったが、保枝は「狂」はしっくりこないと直感し、診療録にも「狂」の字は使わなかった。

この花谷医院に入院施設はないので会下僧のための一室があてがわれることになった。しかし、そこでは加行は一切せずに、自由に過ごさせることを宥鑁和尚にはもちろん、他の僧たちに通達した。

固まって何もしゃべろうとしない俊三郎を前にしても、保枝には、なんら困ることはなかった。

小学校時代の教室での谷岡栄作しかり、大阪慈恵病院医学校で机を並べた今村一志しかり、保枝にとっては驚くことではなかった。彼らは、黙して語らなくても、理を分ける力も、物事を片付ける才幹は、饒舌で才気煥発な人たちといささかも遜色がないことを体感している。

いか。

　ただ、他人のいるところでは恐怖や不安が生じやすく、自身を表現しにくいにすぎない。とすれば、恐怖や不安を感じさせない環境を用意して、自信を持たせるしかないのではないか。

　保枝は俊三郎の出身地や、育ちの過程などを、宥鍐を介して調べてもらっていた。

　何日目かの面談でのことだ、

「俊三郎さんは能登の田鶴浜の生まれだそうですね、海がきれいでしょうね」

　保枝が尋ねると、硬い雛僧の表情がわずかに緩んだように見えた。保枝は構わず続けた。

「私は高野山の南の方にある、池津川という山奥で生まれました。だから海というものを、勉強のためにちょうど俊三郎さんくらいの年頃に大阪に出るまで見たことがありませんでした。こんな大人になっても、海を渡ったことも、海に入ったこともないんです」

　こんな風に、俊三郎と話すときは、保枝が一方的に一人で話していることが多い。

「大阪湾の海をちょっと眺めただけでは、海をみたことになりませんよね。海の水が塩からいと聞いても、想像がつかないんですもの。田鶴浜で育った俊三郎さんが羨ましい。私も雄大な日本海を見てみたいわ」

「田鶴浜……」

　俊三郎の声を保枝ははじめて耳にした。懐かしむように囁くように故郷の名を口にすると、遠い目になって再び黙に沈んだ。

「宥鑁和尚に聞いたのですが、田鶴浜には赤蔵山という霊山があって、そこに怡岩院という真言宗高野派の古寺があるそうですね、知っていますか」

「怡岩院のご住職様には、小さい時からとてもよくしていただきました。田鶴浜では、赤蔵山とは言わずに、『大御前』と呼んで人々は皆崇め立てています」

聞き取りにくい小さな声、何度も問えたり、黙ったりしながら、これだけのことを言うのに何分もかかった。保枝は、辛抱強く笑みをたやさずに聞いていた。

「そうですか、田鶴浜は高野山と縁が深いのですね」

「はい」

これ以降、俊三郎は時々ではあるが、質問に答えるだけでなく、自分から保枝に何か話をする機会も出てきた。

眠っていたければいくらでも眠っていてよい状況を確保し、周囲から徒に叱咤激励することを禁じて、黙って温かく見守ってゆこうという保枝の方針が、功を奏してきたのであろう。とりとめのない話を、はじめは一方的にしながら、何度も顔を合わせているうちに、警戒感が薄れ、不安や恐怖が氷解してきたのであろう。

保枝のとにかく何も考えずに休ませるだけ休ませることで、ずっとかかってきた重荷を外そうとするこの対処は、後年、森田正馬（一八七四〜一九三八）が大正時代に提唱した『森田療法』にもつながるもので、近代医学の観点からも合理的な対応であった。

俊三郎は地蔵院で過ごした数カ月の間に、顔色は次第によくなり、いくらか自信もつけた。保枝は本人ともよく話し合って、もとの寺に帰っても大丈夫だろうという判断をした。ただ、月に二回は必ず保枝のもとに、生活状況の報告がてら話に来ることを約束させたのである。

俊三郎は、保枝に報告しに来る日を心待ちにするようになり、だんだんと高野山の修行僧の表情になっていった。


日露戦争の影響で、高野山への参詣人が三分の一に減少した明治三十八年は、伝染病が流行した年でもあった。

六月には富貴村で悪い感冒が流行した。

高野山の中島医院は、周辺地域に病人が出ても、まず往診してくれない。好みの患者には愛想を使うが、面倒には関わろうとしなかったから、山の人間たちもあまり頼りにせず、重症と自分で思えば、面倒でも山を下りて医者を探すのだった。ただ、そういう行動が耳に入ると、中島は二度とその患者を診ようとしない。

富貴村は地蔵院から、直線距離で四里（約十六キロメートル）あまりあり、七霞山を越えなければならい道程（みちのり）である。

中島に往診を頼んでも、いつものように何のかんのと理由をつけて行こうとしない腰の重さは、評判が悪かった。

若い保枝に行ってもらえないか、という打診が役所を介して地蔵院にきたのである。役所も、地蔵院に医師がいることをすでに十分承知しているのである。

駕籠や俥を使って往診したくても、降りて徒歩で行かねばならない難路もあるから、とても日帰りは困難な地であったが、保枝は泊りがけで何度となく村に通い懇切に治療した。

七月には、今度は高野町に赤痢患者が発生した。九月には四人に増えた。保枝は隔離と糞尿の処理の仕方を徹底させ、清水（せいすい）での手洗い、うがい、また食器や食品の流水での洗浄を厳しく指導した。

二カ月後の十一月までには、それ以上の伝染を食い止めて終息させた。

こうして、地蔵院内の花谷医院は次第に信頼を高め、地蔵院の女医の名声は次第に山内だけでなく、周囲にも四達されてゆく。

それにつれて、それまで、中島医院へ、仕方なく表面的に付き合いをして通っていた患者が、一人、また一人と目に見えて減った。

漢方医はもはや古く、伝染病では、西洋医学こそが適切な対応を知っている、ということが庶民にも理解されるようになった。

新しい真の医学の風が高野山にも吹きはじめていて、中島としては気分がよいはずがなかった。

花谷医院には、当時まだ医師なら誰でも持っているわけではない、最新の自慢の機械がひとつあった。

それは、実家の両親が試験合格祝いに買ってくれたもので、保枝が診断用にぜひほしいと前から思っていたものである。

ライツ社製の診断用光学顕微鏡。

まだ日本製の顕微鏡は作ることができないない時代の豪華な舶来品で、今日なら新車を一台購うような感覚であったろう。

この顕微鏡が診断に役立つ日はやがてやってきた。

山には七歳以下の子供は居住できない決まりだから、小学校は山内にはまだなく、富貴、花坂、筒香、高根など周辺地域にのみ尋常小学校があった。

九歳になる花坂小学校の男子が、身体中の激しいかゆみがあって掻きむしって段々ひどくなってゆくという話を伝え聞いて、宥鏤がその子を連れてきた。

腹部、手足、股などに赤いぶつぶつがあり、夜、布団に入るとかゆみが増して掻きむしる。あちこち掻き傷から出血し、一部膿を持っているところや水泡の形成もある。ただ、顔にはほとんど皮疹はみられない。

何かの虫刺されや湿疹にも似ている。

顔には出ていないことが、保枝には診断の大きな手掛かりになり、ある病名が頭をかすめた。

身体中、くまなく観察しているうちに、手掌に細長い発疹をみつけた。

「これが、有名なあのトンネルかしら」

書物や講義から多くの知識を得て記憶することと、自身が観察する中でその記憶を動員させることとは、全く別の能力である。医者の価値は、知識の豊富さよりも、察知力、想像力の方が大きな決定因子となる。

察知力、想像力は訓練で磨かれる部分は少なく、むしろ、天性の能力であろう。

保枝は鑷子でその部分を少しこそぎ、ガラス板に乗せてライツの顕微鏡で観察した。

「いたいた」

顕微鏡下に疥癬虫を確認し、保枝は密かにほくそ笑んだ。

ヒトに寄生するダニによるもので、伝染しやすい。

ナフトール軟膏を処方して、治るまで学校を休ませ、患者の使用した衣服、手拭いは熱湯で消毒し、持ち物の清潔を保つことを徹底させた。

中島医師がなぜか往診を厭わない地域がひとつあった。神谷である。

女人禁制が厳しい時代には、高野七口を女人は決して通れなかった。七口には女人の籠り堂である女人堂が建っていて、高野山内に入れない女人が、女人道を通って七口を巡った。その一つ、不動坂口を出て、峻険な谷沿いに不動坂を下る高野街道（京大阪道）を辿ることおよそ一里弱（三キロメートル余）のところに、西郷神谷の集落がある。

今日、難波から通じている南海電鉄高野線の終点駅は極楽橋となっているが、その一つ手前の駅が紀伊神谷の駅で、その中間あたりに西郷と呼ばれる地がある。

七十戸ほどの大半が旅館で、明治期は宿場町としてより色町として栄えていた。

そこに馴染みがいるのか、はたまたその地に金蔓でもあるのか誰も詮索はしないが、出不精で有名な中島が、不思議に月に二回か三回出かけてゆくという噂があった。

ある日、神谷の遊郭に一人困った三十がらみの患者がいるから、一度花谷医師に往診してもらえないかと、中島から宥鑁に依頼があった。

この数カ月、疲れた、だるいと言っていっこうに客をとろうとしない。

中島が何度か往診して、薬も処方したが、どこも悪くない。神経衰弱だからこういうのは花谷医師が得意なので診せたらいいと話してあると、不敵な笑いを浮かべて宥鑁に持ち込んだ話なのである。

花谷の実力を試してやろうとするかのような中島のその挑戦を、宥鑁はすんなり受けた。

「承知しました。近く往診させましょう」

翌日、廂髪（ひさし）に濃紺の袴姿の保枝は、診療道具を抱えて、宥鑁が手配した駕籠で地蔵院から神谷に向かった。

一室に寝かされていた常盤（ときわ）という遊女は、その妓楼では一番古いそうだ。器量はさほどでないが、客あしらいが上手く珍重されていたし、年長なのでほかの遊女たちからも何かと頼りにされていた。

保枝が入ってゆくと、化粧もせず、髪も手入れしていない細身の顔に、無理やり作った笑顔を浮かべて起き上がり、その姿勢で頭を下げた。女医なので安心したようである。

体温を測ると、三十七度二分。顔色はやや蒼白で、舌苔は白く厚い。唾液を試験管に収めた。

視診上は腹部も上下肢も皮下脂肪が少ないが、皮膚病変はない。打診、聴診では明らかな異常所見はなかったが、下腹部を触ると、顔を少し顰（しか）めた。痛いのかと問うと、痛くはないが、変な感じがすると答えた。

とにかく、何をする気力もなく、食も細い。時々力のない咳をしている。

「辛いんでしょうね」

保枝が声をかけると、常盤は頷いてみせ、見る間に双眸に涙が溢れ、くくっという堪えた泣き声が漏れた。

「今日もまだ、寝てるのかい」

さぼってばかりという心無い声が浴びせられる日々、仕事ができない後ろめたさと、力が出てこない悔しさが一気に爆発したようだ。

最後に陰部を診察した。聞くと、四カ月ほど月のものがないというが、ずっと客をとっていないから妊娠はありえない。綿棒で分泌粘液を採取し、唾液とは別の試験管に入れて「二、三日したらまた拝見に来ますから、無理せずに寝ていてください」と言って、二本の試験管を持ち帰った。

ここでまたもライツ社製の診断用顕微鏡が役立った。

膣からの分泌物を試験管から取り出し、教科書通り塗抹乾燥標本にして、チール・ニールゼン法で染色したところ、赤色に染まる結核菌が検出されたのである。

神経衰弱などではまるでなく、れっきとした性器結核だったのだ。あの下腹部の「変な感じ」は子宮に病気があるからなのだと、保枝は納得した。

当時、結核はありふれた病気で、肺をはじめ、腎、骨関節、リンパ節など多臓器を侵すものだが、子宮結核は非常に珍しかった。

子宮に結核があるということは、ほとんどの場合、全身にも結核菌が蔓延していて、粟粒結核の状態にあることが多かった。

常盤は、すでに妓楼の一人別室に入れられていたので、他人との接触は少なかったが、保枝はそれをさらに厳格にすることを楼主に要請した。

その後、たびたび往診して励ました。

治療は、保存的なものしかなく回復させるめどは立たなかったものの、時には宝亀院から、万病に効くという弘法大師御衣替えの霊水をいただいてきて、それで薬を飲ませたり、最大限、常盤の持っている生命力を惹き出そうと努めた。

遊女は仕事ができなくなったら、それで終わりと捨鉢になりかけていた常盤は、保枝が自分のために粉骨砕身してくれる姿を見て、生きてよいのだと、人としての自信を取り戻した。

細くなった食も、滋養になるからと与えられたものは、有難いと涙しながら無理にでも口に入れた。

けれども、病状は一進一退だった。

神谷は高野山の外であれ、お大師様の大きな懐に抱かれていることに間違いない。

「身は華と与に落ちぬれども、心は香と将に飛ぶ」

（人は世を去るときにその身は華のように地に落ちるが、心は香り（その人格）が空を舞うように永遠である）

お大師様の言葉である。

常盤の身体は少しずつ脆弱になり、そして羸痩が強くなって半年の後に息を引き取った。病に苦しめられはしたが、その死に顔は、まるでお大師様の懐に抱かれて安寧を得たような穏やかさだったという。

結核は生死に関わる重大な病気であることは常識だった。常盤が死んでしまっても、保枝が彼女に能う限り持てる刀圭を注いだ、溢れる優しさを、見ていた誰もが理解した。

中島が神経衰弱と誤診していたところを、花谷医師が正確な診断をしたという事実は、むしろ喝采を浴びたのである。

高野山での人気が薄れていた中島は、それから間もなくの明治三十九年（一九〇六）四月二十六日、突如山を下りて西郷神谷で開業した。好みの地であったのだろう。中島は五十五歳になっていた。

神谷の遊郭で若き女医が正確な診断をしたことは、口伝てに広く伝わり、その話には必ず中島の誤診の話がついて回ったから、中島医院がここ神谷で特段信頼されて、盛業になったとは思われない。それどころか、中島医院がどこにあったのかさえ、今日に伝えられていない。

中島の没年は不明。大正十四年発行の日本医籍録には、もはや名前がないので、これ以前に廃業したか、没したものと考えられる。

この時代、結核菌、コレラ菌、ペスト菌など、致死的になりうる伝染病の病原体は発見されはじめてはいたが、効果のある治療薬は皆無であった。

今は当たり前のレントゲン検査も、明治の末にようやくぽつぽつ日本に入ってくるが、普及するのは昭和以降である。

そんな時代に、西洋医学を学んだ医者といえども、できることはごくごく限られていて、重症な状態かどうか、伝染病ではないかなどを見極めることが主な役割だった。

あとは患者に寄り添って励まし、自然回復を促すことしかできなかったのである。

もっとも、それが医師の原点であることは今も昔も共通しているはずだが……。

11 激震

明治三十九年中島が去ると、高野山の医者は保枝ただ一人になった。

この後すぐ、高野の山容を戦慄させる重大事件が勃発する。

高野町史近現代年表によると、原心猛金剛峯寺座主が七十四歳で五月六日遷化してひと月ほどした六月十二日に、次の記載がある。

「高野山地蔵院の一室に居住する医師の花谷ヤス（保枝のこと）の高野山寄留手続きは認められず」

これは、保枝がこの時まで地蔵院で診療をしていた確たる証拠文であると同時に、高野山が寺院内に医師と雖（いえど）も女性が住むのは罷（まか）りならぬと決定したことを示す。

寄留という日本語は、仮に住まうということで正式な居住地とすることではない。

地蔵院にも表だって花谷医院などという看板を掲げてはおらず、保枝も患者も、寺の正面から出入りすることはなかった。いわば密かに開業していた形だったのである。

それでも、高野山内だけでなく、周辺の村々にも地蔵院の花谷医師のことはすでに知れ渡り、当初こそ宥鑁を通した患者が多かったが、次第に噂を聞いて寺におそるおそるやって来ては往診を求める者が増えた。

保枝は近所なら徒歩で、距離があれば駕籠や俥で往診に出かけるという風に気軽に応じた。当時は外来診療より、往診が主であったが、急患はいきなり地蔵院にやって来ることもあった。

保枝は、この開業を仮ではなく、正式に山に認めてもらおうと、寄留手続きを行っていた。もちろん、それは宥鑁にも話しており、二人ともに望むところであった。

宥鑁は、この年満四十六歳になっていたが、住職としてだけでなく、真言宗高野派の独立（現在は高野山真言宗）と、高野山の山林下げ戻しに対する明治政府との交渉を一手に引き受け、尽力していた。

山林下げ戻しとは、もともと天皇家より与えられていた（と解釈されている）高野山の寺領山林が、明治維新とともに上地令で国有化されてしまった。これで、高野山は大きな経済基盤を失ったことになり、不満が増幅していた。

そもそも、高野六木（杉、檜、高野槇、赤松、樅、栂）は、高野山の荘厳な宗教的環境を形作っており、山林は堂塔伽藍の建造や営繕に欠かせないものである。歴史的にも山で所有管理するべきものであるとの論を宥鑁ら高野山は張っていたのである。

しかし、いくら正論を翳しても、明治政府相手の下げ戻し訴訟は、さすがに勝ち目はなく敗訴した。

それでも宥鑁は、粘り強く交渉して国に「社寺保管林制度」を創設させ、山林経営復活の足がかりを作った。つまり、国有林である点は認める妥協をした上で、実質的に山林の保管権、使用権を主張したのである。

宥鑁をはじめとした、何人もがかかわったこの粘り強い交渉は、この時から大分時代が下がった大正七年から昭和二十年の間に、召し上げられた八割以上の雨林が金剛峯寺の管理下に戻されるという実を取ることに成功したのである。

宥鑁は高齢者が多い高野山の中では、まだまだ中堅であるが、このように真言宗高野派の独立性への貢献、国有林管理交渉など、自分の管理下の塔頭だけでなく、高野山全体を見渡しての懸案事項の解決に力を傾け、多忙を極めていた。

こうした功績は、次第に余人をもって代え難い存在として認められるようになる。しかも、法儀、漢籍に通じて有職故実に詳しい宥鑁は学識のある僧侶にありがちな尊大に構える様子もなかった。

切れる頭脳と時代に逆らわない弾力を備え、しかも行動力も人望もある宥鑁は、目立つ人物であるだけに、ひそかに敵対する守旧派もあった。

自身が住職を務める地蔵院に花谷保枝を住まわせ、医院を開いたことは、まさしく高野山にとって進歩的、画期的な出来事であった。それでも、

「高野山の名だたる寺の管主が、女人を寺内に住まわせ仕事をさせるふりをして、若い妾を置いている」

「宥鑁は、山の不文律たる女人禁制を自ら破るだけでなく、寺院を私している」

そうした蔭口、誹(そし)りが漏れ聞こえてきてはいた。

高野山が花谷保枝の寄留に関する決定をする宗務会議は、なぜか次の座主が決まる前で、宥鑁が丁度所用で下山している最中に開かれていた。

守旧派が語らって、わざわざそういう時期を狙って意趣返しをしたのだろうか。

この決定は、当然法性宥鑁にとって、慚愧(ざんき)に堪えないものであった。

「高野山を称(たた)え、黙々と山の人々に献身している医師を、女性だからといって認めないとは何事か」

山の誰もがお世話になる花谷医師に対して、まさか自分の不在時を狙ったかのようにこの

ような決定がなされるとは、予想だにしなかった。宥鑁は怒りに身を震わせると同時に、油断して、自身も会議体の一員である宗務会議の行方に、注意を怠っていた自分にも腹を立てた。

いったん決してしまった高野山の決定を、さすがの宥鑁と雖も簡単に覆すことはできない。決定があっても、宥鑁が地蔵院管主である限り、その決定を実行に移さないままでいることはできないことではない。管主が実行さえしなければ、決定の実効性はないからである。

この山に、山を仰ぎ見て止まない心を持ち、正統な西洋医学を修めた人物が誕生したのに、それを追い払うような今回の決定に、保枝のほうが嫌気して、本当に山を下りてしまうことを宥鑁は心配した。

歓迎されず、居心地が悪ければ、医師としてどうしてもここに留まらねばならない理由（いわれ）なぞ、いささかもないからである。医師は、日本国中どこでも不足しているから、山を下りても医師として自身の実力を発揮できる舞台はいくらでも用意されているのである。

宥鑁はその決定があった後、頻繁に保枝の部屋に行き、この件について繰り返し入念に話し合いを持った。

何としても彼女には高野山に留まってもらい、最新の西洋医学を末永く実現してもらいたいと思い極めていたからである。

何度も何度も、保枝と打ち合わせをし、保枝の実家にも慌ただしく通った末、宥鑁はある日こう宣言したのである。

「法性宥鑁は、花谷保枝医師と婚姻する」

高野山に二度目の激震が走った。

何人(なんぴと)にも有無を言わせない、驚くべき逆転の図を編み出したのである。

金剛峯寺は去年、表向きには山内に女性が居住することを正式に認めた。しかし、それは町家に限られているという認識だった。

寺院の住職、しかも高僧と言われている人物が結婚するなど、これまた前代未聞のことである。

無論、明治五年の太政官布告第九十八号により、神社・仏閣の女人結解の制は解かれている。僧の妻帯もお構いなしともなっている。ただ、高野山だけは別格だという空気がずっとあった。

そんな中、山内でも最高格の法性宥鑁が妻帯することを公にした。しかも、二十二歳も年下の女性医師である。

宥鑁も、保枝も山の有名人であったが、誰が結婚すると想像したであろう。

ここで、本筋からは離れるが、この時代高野山の僧侶が結婚するとはどういうことなのか、櫻池院の奥様で、エッセイストとして昭和五十一年県文化奨励賞を受賞した畲野清子氏（同五十三年没）の娘さんから直接うかがった話から探ってみたい。

清子さんの母、奈枝（ならえ）は奈良県五条の生まれである。小さい時に両親を失い、山本という商家に引き取られた。一旦大阪に嫁いで男子を儲けたが、良人に飽きたらず養家に戻っていた。櫻池院に印刷物を納めていた五条の人の仲介で、「いんげ（御院）さん」が奈枝と見合いし、五条の町で結婚式を挙げたのは明治三十年代の半ば過ぎというから、宥鑁が保枝との婚姻を宣言した二、三年前かと思われる。

清子はこう綴っている。

「その頃の私の寺（櫻池院）は、高野山でも人に知られた破れ寺で、貧乏の極みにあったし、明治三、四十年頃の高野の寺は、表向き、女の居ない所であった。

櫻池院の奥さまと呼ばれるようになったのは、大正の初めころか。

入籍はしていても、ずっと『山本さん』と養家の姓を呼ばれて、まるで雇女の様な明け暮れが、嫁入って来た母の生活であった」

清子さんは、明治四十四年生まれだが、分娩は高野山内ではなく、橋本で行われたそうである。

今日でさえ、寺の女性は表玄関から出入りすることは決してないし、表廊下も滅多に歩くことはないという。赤いものが表から見えることなど、言語道断だそうだ。

宥鑁は遍照光院を正として、隣接する地蔵院の住職も兼ねていたので、宥鑁と保枝の婚姻は、「地蔵院の奥さま」が地蔵院にいるのは当然という意味では、その通りであった。『地蔵院の一室の花谷ヤスの寄留を断る』という高野山の決定を完全に無力化するには、これしかないという挙である。

日本の法律のどこにも抵触していないし、あの高野山の山規も反古にされ、文章としてはもはや消失しているのだから、これに正面から異を唱えることはできない。

宥鑁と保枝の決断は、櫻池院の奥様が、「山本さん」としてしか呼ばれなかったような高野山の旧習を払拭する事件であった。

高野山だけは時代の流れとは隔絶された特別な世界であるという、自信のようなものを一掃させる覚せい剤となった。山に居住する人々のところに新しい爽快な空気が吹き込まれ、人間らしい開放感を与えたといえるかもしれない。

子供時代、医学校時代、そして地蔵院に開業するに至るまでずっともう一人の親でもあるかのように自分を支えてくれていた宥鑁に、保枝は深い尊敬の念を持ち続けてはいた。

けれども、夢にも考えたことがなかった『婚姻』という二文字を持ちかけられ、彼女は大いに戸惑った。

婚姻とは、身も心も一つにして二人の世界を紡ぎ、育んでいく営みだと宥鑁は言う。その申し出は、本来ならこの上もなく温かく、嬉しく感ずるはずだった。だが、保枝の心にはそういう感情が素直に湧いてこない、何か吹っ切れぬ話だという気がするも事実だった。

その時に保枝の脳裏にまたもあの言葉が浮かんだ。自分の頭で考えぬいて、結論を出すという、一見当たり前のような言葉、『自学』……。

自学には、結論を導くのに邪魔になる雑念や遠慮を排除する、という大事な過程が含まれている。

とすれば、年齢（とし）の差に対する僻見（へきけん）や、二人の結婚にはみだりがわしい臭いがするといった悪態や、これまで宥鑁が地蔵院も保枝も私してきたことの延長で容認できないというもっともらしい批判は、そしりはしりのたぐいで、何ら本質を突いていない。そういうことに惑わされることなく、冷静に結論を出すのが自学だと、保枝は反芻した。

西洋医学は当時の日本としては、徹底的に科学的、論理的に考える学問という、前の時代には存立しえない新しい思考法が持ちこまれたものでもあった。

診断という判断、治療という論理的過程では、因習や風説、占いや迷信の類（たぐい）を徹底的に排除しなければならない。だが、高野山には、反古になっているはずの山規をなおも絶対視し、この習俗を守ろうとする守旧派がまだ相当数潜在していたのである。

そういう人たちは、医者、とりわけ西洋医学を修めた医者にかかることに、大きな躊躇(ためら)いがあるし、ましてや女性を医師などは認めようとしない。

落とさなくてよい命を落とし、治せる病を放置して、祈祷や占いに頼ってばかりきた人々の姿を見聞きするにつけ、保枝は残念で残念でならず、塞いでしまう。

医学自体を無視している上、女性を軽んじるこのような人々は、どう言っても聞く耳は持たないだろう。保枝は口おしい気持ちで、ただしおしおと、自室に引きこもっているしかないこともたびたびだった。

保枝の寄留を認めないという決定は、西洋医学や女医を認めないと言っている空気と同じ臭いがした。高野山に医学の新風を持ち込み、多くの人を助けようとの意気込みが砕かれた瞬間だった。

自分はここで医学を実現するためには、どうしても古めかしい空気を変えてゆかなければだめなのだ、それにはどうしたらいいかと思い悩んでいるところへ、新たに突如出てきたのが『結婚』という二文字。

「高野山には、どうしても因習尊重の風(ふう)がある。だが、それだけでは山に健康も、福禄も招来させることはかなわぬとは思いませんか」

宥鑁はそう問いかけて、保枝に時間はかかるけれども一緒に合力してこの風に抗してゆこうではありませんかと懸命に説き続けた。

保枝は、結婚というものをこれまで真剣に正面切って考えたことはなかった。池津川を出て、医学を勉強しに出て行った時点で、父母は村の中で釣り合いのとれた家同士を結ぶという昔ながらの婚姻は諦めたはずだと、いつとはなく思うようになっていた。だから、結婚は、自分の生き方とは縁のないものとして、目を向けることはしなかったのである。

医学校時代に、豪さんや、今井という男性に抱いた言葉に表しにくい特別な想いを、「これが恋というものなのか」と瞬刻思い、そしてそれを自ら打ち消したことはあった。宥鑁に対して、そういうものと同列の「想い」は、一瞬間たりとも抱いたことがない。ものの気が立って眠れぬ日が続く。眠れたかと思うと、また覚醒してしまうのである。保枝がほとんどはじめてする苦しい体験であった。

自分の行きたい道を絞り込んで、余分なものを捨て去る。そうすると、甘い香りのする「想い」などは大した問題ではないことに気付く。それが自分で考え、自分で決める「自学」の精神にほかならない。

しかも、宥鑁の穢れのない、年長だからと押し付けてくるわけではない純朴な語りかけは、じわりじわりと自分の心の中に沁みこんでくる。もはや、婚姻という申し出を受け入れることへの抵抗感は限りなく薄くなっていった。

子供時代から地蔵院に開業するに至るまで、ずっと恩寵にあずかってきただけでなく、保枝という女子を一人の人格として認め、育ててくれた宥鑁へのこれが唯一の恩返しの形なら、受け入れるのは運命的なものだ。

そう割り切ってしまうと、「結婚」という新生活への淡い想望が、意外にも頭を擡げてくるから不思議だ。

ただ、結婚しても自分は地蔵院、遍照光院の奥様になるというよりは、高野山の医師であり続けることの方が前提でなければならない。そこは宥鑁の考えとも一致していた。いや、一致していると、宥鑁は口では明言した。

そうすると、法性という姓を名乗るのは、医師として仕事を続けてゆくのに相応しくないのではないかとも感じた。そこも宥鑁は同意見であり、結婚後も保枝は表向きは、花谷を名乗ることにした。

池津川の実家も、この婚姻には異存なく、両親は「池津川に生まれた女子は、やはり生涯お大師様のご恩徳に与かるのやな」と喜んでくれた。花谷を名乗り続けることに、もちろん否やはなかった。

九月には、兄の仙太郎が家督を継いでいた池津川の実家で、両親や親戚も集まり、祝宴を開いた。仙太郎にはおせんとの間に、三人の男子が生まれたが、次男は夭折し、一番小さい三男義方は二歳になったばかりであたりを走りまわっていた。

池津川の実家は六人の家族になり賑わっていた。

「これで私も落ち着いたから、これからは親孝行します」

保枝は祝宴で皆の前でお礼とともに、そのような宣言をした。

ところが、その祝宴からひと月もしないうちに、池津川から電報が届いた。

「ハハ、キトク」

すぐに駕籠を仕立てて池津川に急いだ。しかし、日が暮れてから着いた実家では、居間に寝かされていた母、ゆうの脈はもうなくなっていた。昼頃、突然倒れて意識を失ったのだという。

気落ちした父伊太郎も、妻の死から二年を経ずして逝去。

保枝は二十七歳にしてはや両親を喪ってしまった。

両親のいない実家なのに、なぜか離れがたく、父の葬儀の後しばらく滞在した。

保枝は、裏の広い庭に何本も植えられた天に伸びる高野槇を、じっと見つめた。保枝の薪割りの様子を観察するのに、宥鑁和尚が半身を隠した木もそこにあった。

それは、和尚が父に会いにやって来た時のことであった。子供のころから見慣れたこの風景は、いつも父母の存在とともにあった。

どの木々も、ずいぶんと大きくなったと思う。天を指す樹形も好きだが、輪生状に開いた優美にも、豪快にも見える葉の部分が昔から大好きなのだ。

何気なく高野槇のそばに近寄って、葉に触ってみる。一枚の葉はごく細い二葉が合着したようになっていて、合着した中心部分は、葉先まで溝を形成している。葉裏は表より色の薄い緑で白っぽい気孔帯がある。針葉樹なのに葉は柔らかく、先細りはしているが、尖っておらず触っても痛くない。

春になると、高野槇は薄緑色の葉をつける。庭でその柔らかい輪生を見つけると、母ゆうは保枝みたいに若やかな葉だとはしゃぎ、円形の若葉を愛でながら、

「保枝、ほれ、円満、円満や」

口癖のように言ったものだ。

輪生の真ん中には花がつく、高野山では仏前に花を供えてはならないというが、それは色鮮やかな花のことで、高野槇の地味な花はなかまに入っていない。今は、雌花が変わった球果がついている。

保枝は天に伸びる高野槇と会話し、輪生の葉に触れあって、父母のぬくもりと激励に遭遇した感傷に浸りながら、高野山に帰って行った。

12 発砲事件

高野山には、その後束の間、何事もなかったように平穏な時が流れた。

国の有形文化財になっている橋本警察高野幹部交番は、大正十二年に建築されたものだが、それ以前は小さな派出所だった。

女人を取り締まる用がなくなってから、ごくたまに事故や、道案内があるくらいで、巡査の仕事はあまりない。

窃盗や強盗は皆無だし、取っ組み合いのけんかもほとんどなかったのである。

一山に百十七の子院とそれを支える町家があり、そこに参籠する人々が登ってくる。衆人の集まる市街地や住宅地と違って、ここは悪徒の往来とは無縁のお大師様のお膝元なのである。

その高野山に、ある晩発砲事件が起きる。

発砲された弾がかすったか、跳ね返るかしたようだが、はずみで激しく転倒して足を血だらけにした男が、地蔵院に運ばれてきた。

廂髪を整え、服は紺の小袖に、行燈袴を腰高に身に着ける和装で医師が出てきた。診察室ではこれに割烹着を白衣として着用する。

怪我は大したことがなく、保枝は血止めと包帯で手当てした。

怪我人を連れて来た男が言うのに、弁天通りあたりの居酒屋での客による発砲で、犯人は拳銃を持っているから、またけが人が出ているかもしれないと怖れている。

保枝は現場に行くべきと判断し、急ぎ身なりを整え、夜の外出なので十徳様のものを羽織った。この夜、宥鑁は会合のために他出していたので、寺の者に怪我人をしばらく寺で休ませておいてほしいと頼んで、患者を連れてきた男に現場を案内させた。

保枝は小脇に救急用の器具を入れた木箱などを抱えて出てきた。男は持ち重りがするから、自分がお持ちましょうと言ったが、保枝は自分の職業道具を人に持たせたことは一度もなく、この時も大丈夫と断った。

怪我人の友人だというその男の話から、事件の概要が分かった。

その店によく通って来る近所の寺院の中年の僧侶が、夕刻前から別の寺の男と般若湯（酒）

を飲んで談笑していた。土間に蜜柑箱の様な粗末な腰掛と、椅子が置いてあるだけの一杯飲み屋で、二人はいつものように、出入り口の正面、土間の中央から右寄りに腰かけた。

そこに山に登って来たばかりかと思われる、若い男二人が店に入るなり、

「熱燗二本、腹の足しになるものもお願いしまっさ」

と注文して、寺の男たちの脇の壁際に席をとった。

白衣(はくえ)、白モンペで、白衣には輪袈裟(わげさ)をかけ、白手甲(てっこう)、白脚絆(きゃはん)をつけて白地下足袋をはき、頭には菅笠、右手には大師の化身とされる金剛杖、左手に念珠、持鈴を下げて山に登って来る巡礼者がほとんどなのに対し、この二人は野良着のような身なりで、このあたりで作業でもしていたのかといった風体であった。

始めは黙々と飲んでいた。

少し聞し召したところで、若い方が口を開いた。

「兄い、明日はどこへ行きますのや」

兄いと呼ばれた男は、あちこち粉を散らかしたように汚れた紺の半纏を纏っている。

剣のある眼で若い男の言を無視したように、

「ちいと黙って呑んでてや」

どうも関心は、そばで談笑している先客にあるらしい。

客が一人、二人と増えてきた。大半が馴染み客である。

兄いが隣で呑んでいる二人に絡みだした。

「ちいとお二人さん、あんた方ここらの坊主やろ。わしらとご一緒願えませんやろか」

二人の僧侶は出し抜けにそう言われ、般若湯でいささかご機嫌になっていた顔を一瞬きょとんとさせたが、一人が僧侶の体面を保つかのような表情をみせて丁重に応じた。

「いえいえ、ご遠慮させていただきます。そろそろ寺に帰らんといけませんから」

兄いはにやけた表情を浮かべて、すかさず、

「ははん、やっぱり坊主なんやな。帰るってどこへや。ほんまにお寺やろか、それとも遊里（さと）にお帰りやろか」

言いがかりをつけられたことを悟った二人は、店主に勘定を求めて帰り仕度をしかけた。

「そうはいきまへんで。わいらは高野山の生臭坊主に用があって来よったのや。女人禁制といいながら胎蔵界（女人）の尻（けつ）を追い回し、禽獣（きんじゅう）は食しませんなどとぬかしながら、赤蒟蒻（にゃく）（牛肉）だ、白茄子（なす）（鶏卵）だと誤魔化して食っとるのはよう知っとる。そもそも、般若湯もご法度じゃないのかいな」

そう言い放ちながら、兄いが懐から拳銃を取り出した。二十六年式拳銃である。

明治四十三年（一九一〇）銃砲火薬取締法で民間人の所有が禁じられるまで、物騒な世の

中では自分の生命財産を安全に守るために必要という理由で、男女によらず拳銃保持が認められていた。だから、所有しているだけでは何ら罰せられない。

それでも、高野山に拳銃持参で来る人はいないから、皆驚いたことは確かだ。

「お、お客さん、そういう物騒なものは、し、しまっていただけませんやろか」

ずっと様子をみていた店主が、慌てた様子で口を挟んだ。

「むつかしいことおまへんで、わてらは、この生臭坊主二人と般若湯を飲みたいと言うてるだけや。それをいややと急に帰ろうとするから、ややこしいのや」

その時、他の客の一人が拳銃に興味をそそられたか、小声で店主に話しかける。

「あれ本物なんかいな、弾も入っとるのか」

「おい、今なんか聞こえんかったか」

兄いが連れに確かめる。

「偽物やないかって……」

連れが答えるなり、拳銃が構えられた。

どよめいた客たちは、その場にへたりこんだり、人や柱の陰に身を潜めようとしたりしている。僧侶二人は出入口の方へ移動する。勘定は後にして逃げようとしているのか。

「おい、動くんじゃない」

というなり、発砲した。どこを狙ったのかわからない。

悲鳴とともに客の一人が倒れこんで、唸りだした。店の灯りが突然消えて暗黒になった。

発砲した男も、初めて撃ったのだろうか、思わぬ大きな射撃音と展開に狼狽したように一瞬黙り込んだ。

やがておい行くぞ、と連れに言うなり男は出入口へ向かったが、こんどは暗黒下で連れがどこかに脛をぶつけて、悲鳴を上げた。

そこへ、

「なんやなんや、今の音は。大丈夫かいな」

近隣の町家の人二、三人が火の用心の提灯を下げて覗きにきたので、犯人は押し戻される格好になった。

店の中を一目見たひとりが、事情を把握したのか、怪我人がいるぞと叫び、他の一人が怒鳴った。

「誰か、巡査を呼んでこい」

「のけのけ」

二人組はそれを聞いて慌てたか、拳銃をあちこちに向けながら、人々を押しのけて外へ出た。

なにしろ、弾入り銃を持っているから、店主も客も、近隣の人間も、みだりに刺激はできない。

野次馬たちが道を開けると、兄いは山の方角へと走っていった。連れも、足を引き摺るようにしながら後を追った。

町家の若者が、距離を取って追ってゆこうとしたが、犯人は近寄るなといって、もう一発宙に発砲した。二人組の逃げる山の方角を見届けると、誰かが呟いた。

「あっちへ行っても逃げ切れんやろ」

「それより、けが人を早う地蔵院の花谷先生のとこに連れていかんか」

他の誰かが怒鳴り、血だらけのけが人が運び出された。その友人だという男が背負って地蔵院へ急ぐ途中で、呼ばれた巡査が馬で現場に向かうのに出会ったのだ。男は経緯を巡査に簡略に説明しておいて、そのまま地蔵院へ怪我人を連れて来たという顛末だ。

現場に駆け付けた巡査は、町家の人びとの証言を得て、犯人たちの逃走した方角を確認すると、店の現況を一切動かさぬように命じた。

逃走犯が拳銃所持では、高野山に詰めている自分一人ではとても対応しきれぬ上、深夜の捜査には照明器具もたくさん必要である。そう判断した巡査長は、橋本の本署へ応援を求める電信のため、一旦詰所に戻って行った。

保枝が男と店へ駆けつけてみると、絡まれた二人の僧侶は今しがたすごすごと帰ったという。残りの客も帰り支度をして、店内はもう静穏をとりもどしていた。

騒ぎを聞きつけて、周囲の寺院からも僧侶たちが何人もあたりに駆け付けてきているが、犯人は拳銃を持っていると聞くと怖れをなしてただ呆然と野次馬を決め込んでいる。やがて、とって返してきた巡査が再びそこに合流した。

その手には、最近入手したばかりの、電池式携帯電灯（今日の懐中電灯の原形）があった。珍しいものだから、よってたかって野次馬たちは見せてもらう。

犯人が逃げた山の方へ様子をおそるおそる確かめに行った火の用心の三人が戻ってきて、金剛三昧院近くの破れ寺の裏手で、人の声がしたとの報せをもたらした。

携帯電灯を持った巡査が、大体場所は見当がつくから確かめに行くが、大勢では警戒される。誰か一人だけ、一緒に来てもいいだろうと、自分も心細いのか誘いをかけた。だが、誰も拳銃を怖れて頷かない。

心ならずも仕事だからという感じで、一人ゆっくりと徒歩で上り始めると、保枝が後ろからついて来た。

保枝はこの巡査と顔見知りである。巡査ははじめ女は危険だからと留めたが、自分は医者だし、女のほうがいいこともあると主張すると、やむを得ないと思ったようだ。

残されている保枝の三十歳頃と思われる写真は、眉は濃く、くっきりとした二重瞼の双眸と、堅く結んだ口は、優しさの中にも、決意のようなものを湛えている。

破れ寺の壊れかけた垣根に耳を近付けてみると、寒いとか痛いとか、どうしようとか、ひそひそやっているのが聞こえる。

携帯電灯を消すと、あたりは深い、かぶせるような闇に覆われた。

垣根から離れて、巡査は保枝に囁いた。

「この時間にあないなとこに人がおるはずはないから、犯人たちに間違いない。やけど、危険やから橋本から応援が来るのを待った方がよさそうやな」

撃ち合いにでもなれば、怪我人、下手をすれば死者が出る、だが、応援を待っていたら明朝になってしまう。

「私は女やから、戦いにはならしません。説得してきましょう」

保枝は軽い調子でそう言ったかと思うと、巡査が持っている携帯電灯を、これ借りますよと言うなりまごまごしている巡査を置き去りにして破れ寺の敷地内に入っていった。

「お二人さん」

保枝は堂々と呼びかけた。若い時から柔術の稽古をし、今でも朝の型稽古で心身を鍛えてきたお蔭で物怖じはしない。

何か話していた声が、急になくなった。

「わたしは山で開業しとる医者です」

「おい、女一人かよ」

犯人の一人が小声で囁く。さっきはいなかった女医が、単身自分たちの潜んでいるところへ近づいてきたので戸惑ったようだ。

「騒ぎで怪我した人は、幸い大したことはなかったけどな、神聖な山でのごたくさはあきまへんで」

「止まれ止まれ、こっちへ寄ると撃つぞ」

「お大師様のお膝元で、拳銃やらなんやら物騒な西洋の武器で脅すのはおやめなさいな。なあんもしなくたって、人間は病気になったり怪我をしたりするんや。医者と雖も何でも助けられるわけにはゆかんのやで」

「やかましい、そもそもこんな夜中に山に女がいるとは何事や」

保枝はかまわず続けた。

「人間という生き物は弱い者。でも、生きていることは尊いのや。なのにわざわざ、そない な物騒なもので傷つけたり、殺したりしたら、お大師様はほんまに悲しみますよ」

「黙れ黙れ、お大師様お大師様ちうが、高野山の坊主どもは堕落しとるではおまへんか、俺もこいつも、真言宗のくそ坊主にひどい目に遭わされとるんや」

大声をだしておいて、

「ほんなら、あのちいとうるせえ女を追い出してこんか」

兄いは連れの手下に命じた。

「よし」

軽く請け合った手下が、保枝に走り寄った。

曇っている上、周囲は鬱蒼としているから真っ暗闇である。

保枝は近づいてきた手下の顔を、携帯電灯を突然点灯させて正面から照らした。

眩しさにのけ反った男は、せっかく慣れていた夜目の順応を崩(くず)された。

保枝は男の顔を照らした間、その明るく照らされた手下の顔はわざと見ずに、目を細めたまま足元の状況だけ瞬時で把握してすぐ目を閉じた。網膜の夜目の順応を維持したのである。

とたんに携帯電灯をカチッと消した。

夜目を崩された男と、暗順応を崩さない作戦に出た保枝と、暗闇の中での二人の視機能差は大きくなった。

しばしの静寂。

「痛(いて)て」

たたらを踏みながら、男が悲鳴を上げた。

「何やこの女」

保枝は電灯を消して暗闇になった瞬間、音もなく位置と姿勢を変え、柔術の防御の構えになった。男が保枝の腕をとろうと寄ってきたところで、当て身を食らわせたのである。

「何しとる、あほたれ」

兄いが、罵声を飛ばす。

「この女、妖術を使うぜ」

「あほ、おのれが泥酔しとるだけやないか」

手下は怯んで、もう手出しできないようだ。保枝が、のんびりと尋ねた。

「坊主にひどい目に合わされたとは、どういうことなん」

兄いは祖父とともに大阪の外れに住んでいた。祖父は段々身体が利かなくなり、ついに衰弱して死んだ。自分は、田舎から出てきたが、ちゃんとした職にはありつけなかったから、葬式をあげることもできない。近くの寺に、遺体を引き取って葬ってほしいと頼んだが、取り合ってくれない。理由は、檀家じゃないから駄目だというのだ、どうしても頼みたいなら金が要るとつれなかった。

「その寺、よう調べると、真言宗やというが。真言宗いえば高野山やな。それで修行しとる坊主ちうは、どないな奴らか見とうなって来よったねん。そしたら酒は飲む、肉は食らう、女は買うのていたらくや」

「そうですか、確かにどの僧侶も全員立派だとは言えんでしょうね。けども、高野山の僧侶はみな、大日如来を祀り、お大師様の教えを感得するための厳しい修行を日夜続けていますのや。それは、自身が一人の人間として、他者に施すことができるまでに高める修行です。ただ、僧侶は如来でもないし、はじめから特別に誂えられた人間でもありません。私やあなた方と同じ生身の人間なんです。人が持つ限りない欲を、時には外に出す時間がなければ、人間として高めてゆく動機が生まれて来るわけがないとは思いませんか」

「ぬけぬけと益体もないことをいいおるがな。言い訳にしか聞こえんな。おい、お前、あの電灯もろて来い、これから逃げるにもってこいや」

兄いは、さっきから保枝が持っている携帯電灯が気になって仕方がない。それを奪ってこいというのだ。

「もういやや、妖術使いよるんやで」

連れは、もはや懲りたようだ。

「だらしねえ男やな。向こうは女一人やないか」

「兄いが拳銃で脅せばいいやろ」

手下は少々剥(む)くれている。

「その電灯こっちへ投げんかい、そやないと撃つぞ、脅しやあらへんで」

兄いが数歩近付いて、保枝に拳銃を向けて凄んだ。

「気の毒やったわね。寝屋川村から一緒についてきてくれたあの優しいお爺さん、亡くなったんやね」

保枝はたじろぐ様子もなく、たんたんと同じ調子で会話を続ける。

「えっ」

怯んだのは兄いの方だった。

「その声と顔で、とっくに気づいていたのよ。あなたは、あの時、柿の木の下で歩けなくなったお爺さんを助けてと、宥鍐和尚に助けを求めた人やと」

「え、えっ。じゃあ、あの時の医者の卵かいな、おまはんは」

「そうよ。もう卵から孵(かえ)って、山で医業をしとるのやわ。間もなく、橋本から警官隊が大勢やってくるで。お大師様のお膝元は山深いんよ、こんな夜にとても逃げ切れへんし、迷ってもお大師様は助けて下さらんでしょうよ。捕まる前に自訴（自首）しましょ。自ら罪を認めるのや。あなたのようなほんまは優しい心根の人、きっとお大師様は許してくださるはず。な、そうしましょ」

仰天し、観念した二人の犯人は、保枝に連れられて破れ寺の敷地を出ると、巡査に引き渡された。

高野町史、明治四十二年（一九〇九）六月六日のところにこうある。

――高野山でピストル発砲事件。山内の飲食店で客同士が酒の上の争論になり、一方が二発発砲したが外れ、山に逃げ込んだところ、間もなく逮捕される。

この事件で、地蔵院の花谷先生は、女性医師というだけで有名なところに、名にし負う女丈夫として高野山内だけでなく周辺地域にまで知られるようになり、以後、保枝を女だからなぞと揶揄する声は、たえて聞かなくなったという。

13 法性宥鑁（ほっしょうゆうばん）

高僧を紹介した人名事典に「強骨の人」とある法性宥鑁は、明治三十七年（一九〇四）、権中僧正、僧階の十六階級の上から四番目とされるところに上り詰めた。

宥鑁はその後、明治四十三年（一九一〇）、金剛峯寺宝物館建設評議員会議長を歴任する。大正二年には、金剛峯寺評議員会議員となっている。

次いで大正三年（一九一四）には、第四一四世寺務検校法印に転衣（てんね）した。法印は大僧正のみが就ける最高職であるから、彼はこの年までに大僧正に上がっていたのである。

転衣とは、真言密教の法を受け継いだことを示す、緋色の衣に着替える転衣式を行うところからきている。高野山で黒ではなく、緋色の衣を着けることのできる僧は、金剛峯寺座主（高野山真言宗官長）、寺務検校法印と、法印経験者の「前官（ぜんがん）」と呼ばれる僧侶だけである。

法印は空海の名代として、鮮やかな緋衣姿で、高野山内で営まれる重要な法会の導師を務める最高の僧位である。

平成三十年には、その百五あとの第五一九世が就任（任期一年）しているから、今日まで五百年以上続く式例ということになる。

宥鑁が法印となった大正三年は、第一次世界大戦が勃発し、翌年には高野山開創千百年記念大法会を控えた山にとって極めて重要な年であった。法印に任じられている期間は決して高野山を離れることはできない決まりである。

参戦した日本軍の戦捷祈祷会、日独戦の戦役追悼法会、奥之院御廟橋改修後の渡初式など、法印として多忙な行事をこなしながら、開創千百年記念大法会の準備で忙殺され、保枝との二人の時間はほとんどとれなかった。

当初、保枝への患者の大半は宥鑁が間に入って斡旋する形であったが、この頃になると、地蔵院の花谷医院は誰もが知っており、女性だからどうのという当初の空気は減って、病人なら地蔵院にという声は、次第に当たり前の事になっていった。

花谷保枝医師の具体的な活躍の様子や、具体的な業績はほとんど今に伝わっていない。村医、町医というものは、日記でも残していない限り、日々の診療は九分九厘が日常の繰り返しで、文書として記録に残されるような特段の功績があるはずもない。

ただ黙々と、高野山やその周辺に居住する人たちすべての健康を預かるという気概で、保枝は邁進していた。少なくとも地蔵院の檀家の人々の健康状態くらいまでは、諳んじるほど把握していたが、本人はもっと隅々まで把握しなければいけないという使命感に駆られていた。

その地に根ざす医師にできることといえば、山内外の地域や集落の衛生状態を知り、日ごろから衛生、健康への意識を高めることに寄与することが重要な任務であった。もし、伝染病が発生すれば、いち早く蔓延を防ぐ対策を講じ、病者には少しでも自然回復力が働くよう、薬湯などを使いながら、患者が平安に過ごせる環境を整え、回復を促す努力を惜しまずにする。

保枝は、少しでも長い時間、患者に寄り添おうとし、また、宥鑁に頼んで、お大師さんのご加護があるように祈祷してもらうことを懸命にしていた。

後世に残る特段の発見や発明をしたわけではないが、今日の医者が忘れかけている患者を思い、慰撫する心はゆらぎなく持ち続けて診療していたのである。

彼女の名前が、わずかに文献上に残るのは、高野山小学校文書内である。

大正七年（一九一八）五月十三日の高根小学校の項、

――第一期大正六年出生の者、第二期明治四十二年出生の者に対し種痘を行う。校医花谷保枝。

とある。

明治三十一年（一八九八）、学校医制度の勅令が出た。しかし、国の隅々まで小学校を設けることだけでも大変なのに、学校医を置くことまで義務付けることは不可能であった。それゆえ、それは努力目標になった。

記録によれば、明治三十一年時に学校医の設置率は十パーセント、その十年後で五十パーセント、大正七年になってやっと八十パーセントに達した。

大正九年「学校医の資格及び職務に関する規定」を定めるにあたり、国は学校医の設置の必需性を改めて号令したものとみられる。

高野山の小中学校の設置事情を見てみると、まず筒香（つつごう）地区に上筒香（明治六年四月、西方寺）、中筒香（同、延命寺）、下筒香小学校（同、栄山寺）が開校、次いで明治八年（一八七五）九月、無量寺に花坂小学校が創立された。

これ以後、高野山周辺の小学校が次々誕生している。高根小学校もその一つで、保枝が学校医として正式に任じられたことが確認できるのは、明治九年十月に大学寺と観音寺を使用して開校された高根小学校だった。この学校は明治四十年ごろから大正八年ごろまでと、昭和十年から二十年ころまでが最も児童数が増加し、総数最大七十人から百人に達した。昭和五十年以降児童数が激減し、平成十三年三月にその歴史を閉じている。

保枝は最も児童数が多い大正三年に、この学校の学校医となった。

大正十三年（一九二四）十月六日には「はしかのため三日間臨時休校」となっているので、これも花谷医師の指示によるものである。

この他の小中学区の校医名は確認できないが、山には花谷医師しかいないので、複数校を兼務していた可能性がある。

大正九年（一九二〇）には宥鑁は住職会長に推された。

この年、一月十二日、金剛峯寺三百八十三世座主（高野山真言宗官長）、密門宥範（みつもんゆうはん）（一八四三〜一九二〇）が遷化（せんげ）した。このため、次世管長（座主）を決めなければならない事態となった。

推戴公示により、推薦の届け出を受ける。

前官である法性宥鑁も、堂々たる候補であり、現職の住職会会長だから、推戴があった。

しかし、別の有力候補が出現した。

土宜法竜（どきほうりゅう）。

嘉永七年（一八五四）八月生まれの国際派である。明治二十六年にはシカゴの万国宗教大会に真言宗を代表して参加、ロンドン周りで帰国したが、そのロンドンで民俗学者の南方熊楠と親交を結び、帰国後仁和寺門跡、真言宗御室派管長を務めた。真言宗各派連合総裁を歴任している。

慶應義塾別科でも学び、臨済宗の釈宗演（一八六〇～一九一九）と並んで、慶應義塾精神界の二大明星と謳われた知識人である。宥鑁より六年年長であった。

金剛峯寺座主は、必ずしも高野山に在籍する阿闍梨から選ばれるわけではない。真言宗全体が見渡せる力量が求められるので、真言宗全体の人材が候補になる。

複数の候補があれば、百三十名からなる座主推戴人の投票により決するのである。

投票が五日後に迫っていた。

宥鑁は、十一歳の年に山に登って以来、今年で四十九年もの長きにわたり、高野山で修行を続けてきて、誰よりも山のことは知り尽くしている。漢籍に通じ博識で温厚、とくに山の修行僧や檀家への面倒見がよかった。

花谷保枝という、西洋医学を修めた女性医師を育てたことを知らない者はなく、地蔵院の花谷医院は、祈祷と漢方医学しか知らなかった高野山に、新時代を築いた。多くの患者を治療し回復させ、最も恐れられていた伝染病の蔓延を食い止めてきたことで、拍手喝采を送る者は多かった。

だが、女人禁制の山にわざわざ女性医師を迎えたこと、しかもその女性を妻にしたことをあげつらう人間も確かにいた。

十五年前、金剛峯寺が地蔵院の花谷保枝の「高野山寄留手続きは認めない」決定を下したのも、そういう考えが表れた典型であった。

歴史としてみれば、高野山ではひっそり裏の方に隠れて生活していた女性たちが、婦人会を作ったり、山内での出産も可能にしたり、参詣や商売で高野山にやってくる女人が高野山で宿泊することを咎めだてる人はいなくなったり、総じて女性の地位向上が図られたのは、宥鑁と保枝が婚姻したことと切り離しては考えられない。

けれども、このことを「歴史的足跡」として冷静に見ることのできるための時間は、まだ経過していなかった。

住職会は表向き全員一致で宥鑁を候補者として推したが、内情は一枚岩ではなく、竜智、鏡玄、信良といった守旧派で、年齢も宥鑁に近い住職たちは、自身も金剛峯寺管主への芽を残していると密かに思っていることもあって、

「宥鑁はまだ若すぎる」

「宥鑁和尚は、ああみえて実は策士だ」

「妻帯は、宥鑁の惜しい汚点だ」

といった負の風評を流す側にいた。

色眼鏡で見るそういう人たちの中には、宥鑁が座主になっても、まさか花谷医院を金剛峯寺の中に移転することはできないだろうに、と余分な心配をする輩もあった。それは絶対にないと保枝は否定した。

実際、彼女の腹の中は、そろそろ地蔵院から出て、独自の診療所を持ちたいという気持ちを持つようになっていたのである。

子に恵まれないまま三十九歳になった保枝は、四つ年下の妹、林はるのの一人っ子、謙治を養子にした。はるの夫妻の経済力がないことが最大の理由である。

養子は戸籍上のことだけで、一緒に住んでいるわけではなく、謙治は池津川で林政治、はるの夫妻に育てられ、自給自足的な生活を送っていたのである。林は、保枝の母、ゆうの実家の姓である。

謙治は長じて歯科医師になったが、当然、保枝が学費を出した。

兄の花谷仙太郎、おせん（旧姓中西、奈良県吉野郡出身）夫妻は、保枝の実家を継いでいたのだが、三男義方（明治三十四年生れ）、四男修三への学費も援助し、義方は京城医大を卒業して医師に、修三は薬剤師になった。精神的にも保枝の影響を大いに受けた結果である。

地蔵院や隣接の遍照光院には、選挙直前になると、訪れる人が増えた。有力な檀家の人びとが、日ごろの宥鑁の心遣いを謝して祈ってゆく。住職会のメンバーには座主推戴人も一部いて、その票読みなどを知らせてくれる人もいる。

高野山での信望は抜群だから有利だ、という話が多い中で、

「宥鑁さん、も少し真剣に票集めせんと、まだ安全圏とはいえまへんで」

昔から懇意にしている老住職が勧めにやってきた。

高野山に地盤のある有利を、もっと利用しない手はないというのだ。

宥鑁は、わざわざ投票を頼み込むというような運動は、しないと決めている。対立候補は高野山に在住しているわけではないのだから、そんなことをすれば不公正ではないかとさえ思っている。

保枝にも、選挙のことに一切かかわってはならないと言い渡してある。言われなくても保枝は何も事情を知らないから、何か言えるわけはないし、自分は医者という全く独立した立場だと考えている。還暦を迎えた宥鑁は、高野山にあること約半世紀に及ぶ。そのことが、有利に働くかどうかは、しかし微妙である。なぜなら、彼の行動や言動は表も裏もなく、すべて山に暴露している。

座主には謎めいたところがあるほうが、むしろ有利なのかもしれない。その点では、法竜は、名はよく知られていても、一挙手一投足は見られているわけではないから、霧に包まれ

ている部分がある。それが魅力にもなりうる。

投票日は雷雨となり、大荒れの天候であった。長老の中にはそのために棄権した選挙人もあった。投票結果は、僅差で土宜法竜に決まった。同年六月三日、三百八十六世金剛峯寺座主が誕生したのである。

年功に負けたと思う人もおり、候補を辞退すれば次があったのにと惜しむ声もあった。あの汚点が響いたのだと読む人、天候が左右したなど、しばらくはにわか評論家たちがざわついた。

宥鑁は顔色ひとつ変えず、以前と同じ日常を淡々とこなした。

真言宗は非常に宗派が多く、明治政府は一宗一管長制を推し進めようとした。古義真言宗、新義真言宗の二宗として進んだこともあったが、各宗派はそれぞれ長い歴史があり、儀礼なども異なるため、統一はうまくゆかなかった。

それでも、明治四十年以降、古義八宗、すなわち真言宗高野派、同御室派、同大覚寺派、同東寺派、同山階派、同醍醐派、同泉涌寺派、同小野派は連合制度を組織して、教師、住職の人材交流が行われた。

土宜法竜は真言宗御室派管長を経て、高野山真言宗管長になった。しかし、二年あまり務めた大正十二年（一九二三）一月十日、六十九歳の誕生日の二日後に入寂している。

高野山は、東寺派管長であった法竜より年上であった鎌田観応（一八四九〜一九二三）を同年九月五日付で、金剛峯寺座主、高野山真言宗管長に据えることにしたが、この人も就任直前の八月八日に遷化してしまった。

同年十一月三十日、第三百八十八世金剛峯寺座主に就任したのは泉智等（一八四九〜一九二三）で、京都の泉涌寺百四十六世長老からの転出であった。

泉涌寺は皇室の御香華院（御菩提所）であり、江戸時代、後陽成天皇から孝明天皇まで、すべての天皇、皇后の御葬儀が執り行われ、境内に山稜「月輪陵」が設けられている。御寺泉涌寺あるいは単に御寺と呼ばれる、最も格式の高い真言宗の寺院の一つである。

百四十六世が高野山に転出したあと、百四十七世泉涌寺長老（真言宗泉涌寺派管長）として乞われたのが宥鑁であり、大正十三年（一九二四）五月、法性宥鑁蓮海が御寺の長老に就任した。

大正九年に金剛峯寺座主候補になって敗れて以来、二度座主が代わる事態になったのに、なぜか宥鑁は推戴されず、本人もこのことに無頓着のように見えた。

泉涌寺長老への就任が決まったある晩、宥鑁は保枝が診療録を整理しているところにやってきた。

「保枝、承知のようにわたしはもうじき山を下りる。いつもそばにおりながら、わたしも保枝も役目柄、なかなか二人の生活を紡ぐゆとりを持てんままで来た。これが心残りや」

しみじみと語る言葉は、和歌山弁まじりになる。

「そないなことあらしません。うちはあなたに医術を学ぶ機会をいただき、山で開業することもでけました。西洋医学を学んだというても、治療が及ばない厳しい患者もようけおります。そないなときには、和尚の霊力をお借りしましたし、何より自分の無力に落ち込む時は、いつもあなたのお顔を思い出して力を得てました。これほど幸せな医者は、世の中におらんと思います」

保枝は医業という孤独な作業が、宥鑁が後ろにいるお蔭で、随分と助けられてきたとずっと思ってきたが、日ごろはなかなか口に出せなかった。

「世間では、年の離れたけったいな夫婦いう人もおるかもしれまへんが、そないに思ってくれるなら私も救われる。口には出さんが、保枝が私の妻であるいうのは、私はいつも誇らしゅうて誇らしゅうてなあ……」

「和尚(わじょう)が御寺に行ってしまわれたら、会えなくなりますね」

「一緒に京都に出てきて、開業しませんか」

宥鑁の表情は、本気のように見えた。夫婦なのだから、女人禁制の風が残る高野山と違い、当たり前に泉涌寺内に住むことができる。

「開業の地は、町内のどこにでも設えることができるさかい。寺の賄や、会下僧の面倒見もいらしません。今まで通り、お医師の仕事に専念すればええのです」

「いいえ、そないなわけにはまいりまへん。うちを頼りにしてくれる患者さんが、山には大勢いてます。山の医者はうちだけですから、そうはいきまへん」

保枝は、心にざわめきがないわけではなかったが、言葉にきっぱりと出すことで思い切り、夫の申し出を拒絶した。山の事情を最もよく知っている宥鑁が、それ以上の横紙破りをするわけがないことを知り尽くしての宣言であった。

泉涌寺長老から金剛峯寺座主に転じた智等のように、次があれば宥鑁自身が望まなくても同じ軌跡を追い、高野山に座主として戻ってくる可能性は低くない。宥鑁も保枝も、そのことはよくわかっていながら、二人とも決して口には出さなかった。

こうして保枝は地蔵院に残って医業を続け、宥鑁は遍照光院、地蔵院の住職を辞して、京都の御寺に行くことになったから夫妻は別居となった。

保枝は宥鑁を夫としてよりも、宥鑁和尚として尊崇の念を持ち続け、宥鑁は、保枝を自らが血を分けた娘であるかのように、限りなく慈しんできた。

世間ではおかしな夫婦と言われているかもしれないと宥鑁は言うが、周囲はこの夫婦をむしろ重大な職務を果たすための特別な形として、別格扱いしていたようでもある。

地蔵院の後任住職は、宥鑁の弟子と、京都からの僧との争いになった。だが、結局宥鑁の弟子は破れて、間もなく山を下りてしまった。

新住職は、保枝と口をきこうとはしなかった。保枝が地蔵院を出るのは、もう時間の問題になった。

保枝は、こんな日もこようかと、以前から往診などの折りに将来の開業場所を探していたし、少しずつ蓄えもしていた。

どのあたりに住む患者が多いかということも、考慮に入れた。

明治時代に開業試験を受けて合格した女性は、総数で二百四十一名。明治四十五年においてはその全員が生存して、医業を営んでいたわけではないけれども、仮に八割が女医として活動していたと仮定しよう。同年の日本の医師数は三八八二四名という記録が残っているので、この中で女性医師は〇・五パーセントに過ぎなかったのである。

大正時代には毎年五十人前後の女性医師が誕生してくるので、少しずつ事情は変化してきたが、女性医師は非常に珍しい、ある意味とても目立つ存在だった時代が当分続いてゆく。

女性医師といえば、産婦人科、その続きで小児科までは大体だれもが認め、とり分け産婦人科は女医であることが売りにもなった。

それ以外の内科、外科をはじめとした科目を標榜しても、医師は男性であるべきだという空気が日本中に色濃くあるから、社会には容易に受け入れられなかった。町で開業しても、同じ町に男性医師がいれば、こぞってそちらへ行ったのである。

高野山では、しかし、そのようなことは言っていられない。西洋医学の医師そのものが一人しか存在しなかったからである。

地蔵院の花谷医師には、女の身体の悩みや女の病の診察や往診を求める患者が相当数あった。山に女の人口は少ないものの、以前から周辺地域にある町家や色町からも往診を頼まれることは常套である。依頼があれば、夜中でも、酷寒でも厭(いと)うことなく出かける。

明治十九年に古義真言宗の後継者育成のために開学した大学林は、大正五年（一九一六）、専門学校令により私立真言宗高野山大学と改称、さらに十五年（一九二六）には大学令による高野山大学となる。

大学に昇格したのを機に、金剛峯寺敷地内の主殿から渡り廊下で西側に続く興山寺の跡地に在った大学を、およそ三百メートル東に寄った天徳院と金蔵院に挟まれた、「上の段」と呼ばれる地域の三千坪ほどの敷地を確保して移転した。

この時、この敷地内にあった色町は、山内から出来るだけ遠く離れたところとして選ばれた鶯谷(うぐいすだに)と呼ばれる地域へまるごと移転となった。

現在高野幹部交番の信号のあるところに、吉原の大門よろしく「鶯谷入口」と刻した門柱が建てられた。これで、高野山付近には、鶯谷と神谷の二大色町ができることになった。

この女の園でもし病気が蔓延すれば、町全体が一気に壊滅する。それだけに、楼主は遊女の健康管理に気を使ったので、保枝は遊女を診察する機会が多くあった。が、まさか地蔵院に遊女だとわかる人間が堂々と入ってくることはできないので、往診ばかりであった。それもあって、保枝は鶯谷と高野山の中間あたりに土地を探した。

丁度、鶯谷入口の大門から一町（約百九メートル）北へ入ったところに、手ごろな空き地があるのに目をつけた。

大門から、町の喧騒を後にして、左右の斜面に高野槇が薫る狭隘な切通を上って行くと、小高い丘に至る。そこからは比較的急な下り坂になり、左右に開けてきた先に色町が見えてくる。ここが、鶯谷だ。鶯谷入口の門柱から色町までは、わずか四半里（約一キロメートル）足らずである。そこは、日が暮れると、夜より暗い闇となる高野山の中にあって、小さな不夜城、別世界が待っている。

保枝は、見つけたその地に、自宅兼診療所を建設する計画を進めた。

14 鶯谷

今では開発されて随分と地形の特徴がなくなってしまったが、高野山にはもともと愛宕谷、一心院谷、蓮花谷など、森林に囲まれた幾筋もの谷に沿って堂宇が建ち並び、町家がそれらに従って配置されていた。

蓮花谷の地蔵院を出て、そんな谷のひとつ、鶯谷に保枝の診療所兼住宅が落成したのは昭和元年（一九二六）。

保枝は、落成したばかりの診療所を、晴れ晴れと胸を張って見上げた。

真っ白く塗られた下見板張りの外壁は新感覚のもので、陽光に照らされて目にしむほどであった。

下見板張りとは長い板材を横に用いて、板の下端がその下の板の上端に重なるように張る方式である。下見板張りの板は「イギリス下見板」などとも呼ばれ、高野山では類例のない、洋風のハイカラな外観を呈していた。

医師としてはじめての自分の城。宥鑁とのつながりを断ち切った気持ちを形であらわしたといってもいい。

「ここが私のお城だ」

これまでは、宥鑁の傘の下にあったといわれても仕方ない形だったが、今、真の意味で独立独歩をはじめる医師として巣立ったのである。齢、四十五歳になっていた。

高野山には名女医がいるとして知られ、新しい花谷医院は大いに繁盛した。人々にとって、地蔵院という寺に行かなければ花谷医師に会えないというのは、いささか障壁になっていた。それが、すっかり外れたのである。高野山にはなくてはならない存在であるばかりでなく、山外の人々にも医院は大いに頼られることになった。

保枝にとって、地蔵院の檀家は古くからの馴染みでもあり、これまで以上に頼りにされるのは当然である。

以前から宥鑁と懇意にしていた檀家の町家の店の主人辰治のところへの往診が、このところたびたびある。

間もなく診療所が竣工するという一月ほど前、偶々以前小さな辰治の店があったあたりを歩いていると、辰治の連れ合いの秀が追いかけてきて呼び止められた。辰治がこの頃胃の腑が吊るような感じがすると言っているので、いっぺん寄って診てもらえないかというのだ。

急ぐ用もなかったので、その足で訪ねた。保枝がこの平屋に来るのははじめてだった。辰治の本職は左官らしいが、大工や建具屋の真似事もできる器用な男で、頼まれ仕事は多かった。

数年前に、怪我で腰を痛めてから頼まれ仕事はよしにし、身体をだましだましだから時間はかかったが、自分で家の作りを仕舞屋に作り替えて住んでいるのだった。

辰治は普段通りの愛想のよい様子で、保枝を迎えた。秀が茶を淹れてくると三人、いや、生まれつき知恵遅れの幸助を含めて四人が卓袱台を囲んだ。

「宥鑁和尚がたいそうえろうおなりになって、御寺に行かれなさったから、先生もお寂しいことですが」

話は、宥鑁の思い出話になる。

宥鑁はこの家を訪ねると、いの一番に幸助はどうしているかと聞いたという。幸助も、和尚の姿を見ると嬉しそうに出てきて、何か言おうとする。他愛もない話でも、宥鑁は熱心に耳を傾け、「えらい、えらい」「ようやった、ようやった」などと情愛に満ちた言葉を返すのが常だったという。

そういう話は宥鏝から聞いたことはなかったが、病人や弱い立場にある人々に心を砕く姿を何度も見ているから、保枝はさもありなんと宥鏝のぬくもりを懐かしく感じた。

触診すると、その主人の胃の付近に小さなしこりがあった。一度山を下りて大きな病院で診察を受けるべきだと勧めたが、ぐずぐずと拒んでいた。

笑顔に隠されてはいるが、筋金入りの頑固一徹な主人は、保枝の勧めに全く従わなかった。こんな時、宥鏝に相談すれば、いっぺんに解決するのにと、やはり山に夫がいなくなったことで、いろいろなことが変わるものだと保枝は感じた。


開院からひと月もしない、薄日さす夏霧の午後、真新しい花谷医院の玄関で二人の男が訪いを告げた。一人は白い口髭が見事な、学者然とした風格の老人であり、その後ろにはひょろ長い色白の中年男が従っている。

日曜の休診日で、今日は診療録の整理でもしようと、手伝いの女衆は頼んでいない。

「どなたですか」

保枝が玄関を小さく開けて問う。

「おう、やはり花谷保枝先生や、二十何年ぶりかのう、変わっとらんじゃないか」

口髭の男が嬉しそうに保枝の顔をまじまじと見ている。

保枝の名前を知っている、二十数年前の前なら、と保枝はもう一度老人の顔を見る。

「えっ、あっ、あら、ご、豪さんね」

「そうよ、岩崎豪太郎でございます。高野山に参拝に来ました、というか有名な花谷先生にお見せしたいものがあって、序にお参りにきましたというべきかな」

「まあ、冗談でもそないなことというたら、お大師様がお怒りになります」

「これはこれは、軽口にすぎましたかな。そんでも、お見せしたいものを持参されているのは、こちらの方なのです」

と、もう一人の男を促した。

男は、何も言わずに、緊張した面持ちで保枝に軽く会釈した。

保枝は会釈を返すとともに、お二人とも中にお上がりくださいと誘った。

「病院の中、見せてもらえるのやね、おおきに」

豪さんがそう言い、診察室に通してもらいながら。

「大阪でも、花谷先生はなかなか有名なんや」

「豪さん、からかわんといてくださいね、そういうところ昔とかわりまへんね。わてはあれ以来、大阪にはいったことがおまへんのに」

豪さんはからかってはいないと否定し、三年前くらいだったか、高野山で発砲事件があったやないかと言った。

「その捕り物に女医がかかわったちう記事に、高野山の女傑医師、と出とったから有名になりおったわけや。新しく花谷医院が落成したいう噂も、どこぞからか流れてきて、行ってみようちうことになったのや」

「まあ、そないに大袈裟に」

保枝は哄笑した。昔の気のおけない友に会って、久しぶりに心が晴れる思いを味わった。

「あれ、出して見い」

ついてきている男に向かって促した。

「花谷先生、紹介が遅れたが、内藤光学研究所に勤務しとる今村さん」

岩崎が、どこか冗談めかしながら紹介する。今村は懐から名刺を取り出して、よろしゅうお願いしますと保枝に渡した。

会社名に添えて、「今村一志」の名前がある。

名刺を受け取った保枝が、名前と男の顔を交互に往復する。往復するにつれて、顔が火照ってきている。

「どないしました、花谷先生、少女みたいに顔を赤くして」

豪さんがにやにやしながら間を置かずに追随する。

「だ、だって、あの、今村君でしょ。全然気づかなんだわ。豪さん人が悪すぎます」

「そうや、ようやっと気付いたかいな、正真正銘あの今村や。今村はあれからうちのとこで物理を学んでな、レンズや光学機械の研究所に勤めたのや。今日は、花谷先生につこうてもらいたい診療器具の試作品を持ってきよった」

そう説明する岩崎は、医師への道を断念したあと、高等学校の物理の教師になり、その後乞われて某私立大学の研究者となって多数の業績を残し、先ごろ引退したのだという。

「使うていただきたいのは、これです」

今村はそう言って、縦七センチ、横二十センチ、高さ四十五センチほどの箱から、直径五センチほどの円形の光学器械部分に十五センチほどの手持ちの柄がついたものを取り出した。これに別途トランスをつけて電源を取る方式である。

「見たことないやろ、これ」

豪さんはいかにも熟知しているかのようで、自慢げである。

「何に使うもんやろか」

保枝は不思議そうに見ている。

「これは直像鏡ちうもので、眼底検査用です」

そこで、豪さんはその仕組みを図示した説明書きを取り出し、保枝に説明する。保枝は大阪慈恵医学校時代、豪さんが定規などを使わずにきれいな作図をするのに驚嘆しながら、学校の教師よりはるかに分かりやすい説明を何度もしてもらったことを思い起こしながら聞いていたが、それほどよく理解できたわけではない。豪さんもそれを悟ったか、

「原理はともかく、これで眼底がよう見えて、診察に役立つかが問題やな。花谷先生、ちょっと使うてみまへんか」

「はい、実習ですね」

保枝は応じて、今村が使い方を説明し、自分を実験台にして観察してみてくれと願いながら、

「まずは部屋をできるだけ暗くします。散瞳薬を使って、瞳を開けばより観察しやすいやけど、しなくても白そこひなどがなければ見えるさかい」

と付け加える。言葉は少ないが、学校時代と違って自信をもって話している今村に、保枝は瞠目しながらもそのことには触れなかった。

今村の教示に従い、可変式の接眼レンズで焦点を合わせながら、保枝の右眼で今村の右の眼底を観察する。今村の右目と保枝の右目が、直像鏡を挟んではいるが十数センチまで近づく格好になる。

豪さんはその様子を柔らかい微笑で眺めている。

「あっ、これが視神経乳頭や、見えたわ」

何度かの試行ののち、保枝が歓声を上げた。

「なあ、もっと光源を直視したってや。今村君」

と言っておいて、保枝は突然体を離して謝った。

「あ、堪忍、堪忍、今村君なんて言うてしもて。つい学生時代の実習みたいになってしもた」

そう言いながら、今村の顔を見ると、眩しさに涙目になり、汗もかいている。

「花谷先生、今度は左目の検査をする場合、どないするね」

豪さんが、唐突に質問した。

「えっ」

保枝が間を置いて考えていると、おかしそうに続けた。

「先生の右眼で今村の左目を観察しようとしたらどないなる。接吻になってしまうな」

「あら」

と言ったきり、保枝は当惑し絶句する。

「なんや、困っとるな。花谷先生は清純女医やな」

「もう、からかわんといてください。豪さん」

左目の検査は、医者の左眼でするから接吻にはならない。だが、大抵の人は右眼利きなので、左眼での観察には少し練習が要る。

それからもがやがやと積もる話が尽きない三人のいわば同窓会になったこの日、試作品はしばらく花谷先生に預けるから使ってくれということになった。

試作品には今村自作の数ページの説明書きが付属しており、その原理から応用まで具に記されていた。それは、医学校時代に保枝が貸してもらった丁寧にして行き届いた彼の帳面を想起させるものだった。

冊子の応用編には、眼底を診ることによる医学上の利点が書かれていた。この直像鏡を製作した研究所の内藤所長は眼科医でもあったから、そこまで行き届いたのかもしれないが、今村が一時は医師を目指していた経歴や彼自身の持つ探求心が反映されているのかもしれない。

利点のところを読んでいた保枝は、檀家の一人に、原因不明の頭痛があり、時々嘔吐もする五十がらみ男性のことにはたと思い至った。

どうも感染症や胃腸の病気とは異なる所見を持っている。

保枝は脳の疾病も疑えるが、今日のように画像診断が簡単にできる時代ではない。大阪の大病院で詳しく調べたほうがいいのではないかと思っているが、本人はなかなかその気にならず、保枝にも決定打がない。

数日後の往診で、直像鏡を持参して眼底を観察した。両眼の視神経乳頭が腫れているのが観察された。うっ血乳頭という所見である。つい数年前、頭蓋内圧が高くなると、両眼の視神経乳頭が腫れることがあることを、ドイツ語の新しい教科書で読んだばかりで、所見が合致する。

これは、脳の中に炎症があるか、腫瘍ができている証拠になる。診断に自信を深めた保枝は、早速大阪の大学宛に添書を書いて、急行させたのであった。

そんな日常診療に明け暮れているうちに、本来ならここ花谷医院に来るはずのない僧侶が受診した。

竜智という守旧派の筆頭に挙げられる住職で、弟子二人に連れられてきた。

山でも有名な頑固僧で、保枝という女性医師が地蔵院で開業をはじめた当初から、これをよしとせず、宥鑁が金剛峯寺座主の候補になった折も、反対に回っていたことは保枝も知っていた。

もちろん、そんなことは医師としての仕事そのものには関係のない話であるから、保枝は平常通り対応した。

「どうされました」

保枝は、敬語を使って丁寧に問診した。

竜智は無理やりここに連れて来させられたのか、眉根に皺を寄せて口をきつく結んだままである。保枝が同じ問いをもう一度発した。

「どこも何ともないが」

本人は憮然として答える。

保枝は、今度は何も言わずに次の言葉を待っていると、長い沈黙のあと堪りかねたように弟子の一人が説明しだした。

「ご住職は、この三月(みつき)ほど食が細くて、痩せてきました。最近は、今日は腹が痛いと自室に籠られることが多いのです」

「寺の仕事が忙しいからや」

相変わらず竜智の機嫌は悪い。

「では、ここに横になっていただきましょう」

保枝は構わず医者の顔で命じて、拝見しますと打診、触診、聴診を進めた。竜智はしぶしぶ応じる。

「確かに皮下脂肪が少なく、肌はかなり乾燥していますが、触診では腹部に炎症や、出来物はみられません。それでご住職様、便秘はしていませんか」

「え、まあ、それで時々腹痛があるのやろ。下る時もあるが」

　ようやく、観念したのかはじめてぼそっと内容のある話をした。

「般若湯は召しあがりますか」

　ここで、僧侶三人はうっと声にならぬ声を発した。般若湯とは、言わずと知れたお酒の隠語である。

「少しは召しあがるのでしょ」

　保枝が平気な顔で畳みかけると、若い僧侶があいまいに頷いた。

「お煙草は」

「御住職はまったく吸いません」

　こちらは明確に否定したところをみると、逆に酒のほうは結構やっているのかもしれないと保枝は読んだ。

「お通じをよくする薬を処方します。二、三日のうちには便通があるはずなので、恐縮ですが検便をさせてください」

　保枝は採取用のベラと容器を見せながら、検便の仕方を説明し、採取できたら、すぐに医院に持参するように弟子の若い方に向かって言いつけた。若い僧は、もはや山の顔になっている保枝の言に逆えるはずもなく、わかったと返事をした。

三日後、その竜智の弟子がやってきた。

検体を調べた結果で、これからの治療が変わるかもしれないからと、男を待合室に待たせておいて保枝は検査室に向かった。

またも、ライツの光学顕微鏡が役立った。

検体から虫卵が見つかったのである。

「住職は赤蒟蒻（牛肉）も召しあがるのではありませんか」

戻って来た保枝にいきなり聞かれた弟子は、目を白黒させた。

「僧侶がお肉を食べようが、魚を食べようが、それはそれぞれの生活ですから私は頓着いたしません。ただ、治療をどうするかを決めねばならない医者として、必要な質問をしているだけです。私がそれをよそで言いふらしたりしないことは、もとよりおわかりでしょう」

きっぱりと言う。こういう時は、できるだけ標準語で話す。

硬い表情の弟子が、口を開いた。竜智はもともと健啖家で、ここ数年、肉を好むようになっているという。

自分たちのような若い僧が内緒で牛肉を買ってきて、すきやきなどを調理し麦般若（ビール）を飲みながら、宴を開くことがある。ある時、住職の竜智がそれを見つけた。激怒するだろうとびくびくしていたら、自分にも食わせろという。それ以来、頻繁に所望するようになったと明かした。

「さようですか、それならわかりました。御住職は条虫症にかかっているようです。これは牛や豚の肉から入って来る寄生虫です。しばらく肉は食べへんようにしてください。今後もし食す時は、十分に火を通さないけません。生（なま）肉から虫が入って来るんです。では、虫下しを出しておきますから。それから、同じものを食している皆さんの中にも寄生虫がいるかもしれません。牛肉を召し上がることは構いませんが、よく火を通してください」

花谷医師はそう告げ、苦楝皮（くれんぴ）を下剤に混ぜて処方した。

半年後、住職は健啖家として再び蘇り体重も前に戻ったという。

翌年の春、竜智一人がふらりと花谷医院を訪れた。保枝に会うと、どこか照れるように礼を述べて、

「せんせ、お世話様になりました。すっかりようなりました。お礼というてはいかしませんが、これを先生に受け取っていただきたいのだす」

住職は小箱を懐から取り出した。

「おや、なんですの」

「お数珠です。なかなか由緒のあるものです」

見ると、本水晶が輝く梵天(ぼんてん)房の真言宗の数珠であった。

「こないな立派なもの、いただくわけにはまいりません」

保枝は断ったが、

「これは、女人が持つべき数珠で、せんせのようなお方に相応(ふさわ)しいものです。手元にあっても何の役にも立たしまへんので、使(つこ)うていただきたいのです。以前は愚僧、高野山に女人がおるのは絶対にいかんと思うておりましたが、せんせという女人に接しまして、近頃少々考えを改めましてん」

そう言うなり、小箱を無理やり押し付けて退散してしまった。

宥鑁にこの顛末を話したら、何と言うだろうかと保枝はふと考えてみた。

表立って言うことはなかったが、高野山の守旧派に宥鑁は長年辛酸を嘗めさせられてきた。守旧派にとってみれば、山に女性医師がいることは何としても許せないことなのだろうが、その逆風を全身盾になって受け止めてきたのは宥鑁であった。

保枝は複雑な思いで、そばでそれを見てきた。竜智が本心でああ言ったのか、それとも今頃、せせら笑っているのかはわからない。

頑固者の多い守旧派といえども、時代の流れと無縁でいることも、病気と無縁でいることも難しくなってくるだろう。

宥鏤と離れてからしばらくは、新規開業への運びとその切り盛りに夢中で過ごしてきたから、孤独感といったものは忘れていた。

竜智のことがあったからかもしれないが、この頃無性に以前のように宥鏤とああだこうだと、夜更けまで話し合ったことどもが懐かしく思い出される。


元左官の辰治を往診するようになってから間もなく二年が過ぎる。病状は一進一退であったが、近頃は痛みで、唸りながら寝込むことが多くなってきた。

腹部の出来物の正確な診断をするための機器は、山では調達できないからと、繰り返し山を下りることを勧めてきたが、自分はお大師様のお膝元にいれば安心できるから、山は絶対下りないと頑張った。

腹部だけでなく、背中にも疝痛が走る。痛みが走る時は七転八倒し、恐ろしい叫びとともに、のたうち回ることもある。次第に、山から下ろすことも困難な状況に至った。

三日に一度程度保枝はここに往診に来ようと思ってはいるが、新規開業後、患者が増え、ここ暫くは忙しく少し間遠になった。

一〇日ぶりに辰治の寝ている部屋に往診に訪ねると、布団をかぶってうーうーと唸っていた。

そばで、幸助が二度続けて欠伸をくれ、眠そうにあらぬ方を見ている。父親が唸っても、のたうち回っても、聞こえないわけではないのに何の関心も寄せないのだ。

それでいて、父親が水をくれと言えばできるし、湯を沸かせといえば、それくらいはできる。厠に連れてゆけと命じられれば、力だけは人一倍あるから、小さくなった父親を軽々と連れてゆくのである。

この前来た時、幸助の母親は暗い顔をして、挨拶の言葉以外はほとんど何も話さなかった。気鬱の様相を呈しているのだと保枝は悟った。それに、夫がのたうち回り、唸るのが怖いとも漏らしていた。

「お母さんは」

保枝が幸助に聞くと、「おらん」と首を振るばかりである。

辰治の容態はこの数日で大いに悪化していた。保枝は忍ばせてあった最後の医療用モルヒネの粉を飲ませた。少しでも過量に、または繰り返し使えば、意識が混濁し、死期を早めることはわかっている。

これは以前、有鍐の伝手を頼って、ごく少量だがやっと手に入れた非常な貴重品で、これまで保枝も一、二度しか患者に使用したことはなかった。

薬を飲んだ辰治が鼾をかいて眠っている間、保枝は仕方なくそこで幸助の相手をしたり、腹が空いたというので、台所を覗いて幸助に食べ物を見繕ってやったりしていたが、秀は一向に帰って来ない。

二時間ほどして、辰治が目を覚ました気配がした。

「秀、こないな時にどこまで行っとたのや」

保枝を見て難詰する。誤認しているのだ。だが、責め立てる口調ほどにはその表情に生気がない。

これはいかんと、保枝は感じ取った。わずかなモルヒネの使用で早くも意識の混濁がみられ、人違いをしたのだ。

「私は医師の花谷です。奥方様はいつからおられないのですか」

保枝は近寄って、声を励まして言った。辰治は、

「ああ……」

気付いたのかどうか、虚ろな目で力なく声を出した。

「消えてしもたんや」

この間、辰治の様子を見ているのが怖いと言っていたから、居てもたってもいられなくなったのだろうか。もし秀が帰って来ず、辰治と幸助だけにしておいたら、二人とも生きては

ゆけなくなるだろう。こんな時、宥鑁がいれば相談に乗ってくれ、何とか善処してくれたものだ。今の地蔵院はすっかり変わって、気軽には相談ができない。

明るいうちに帰るつもりで来たが、すっかり遅くなった。夏が過ぎ、山の昼間は短くなったが、暑さはまたぶり返している。

隣人に事情を話して、時々覗いてもらうことにし、今日はとりあえず帰ることにした。

宥鑁が山にいたころは、往診には若い僧か寺男が従ってくれることが多かったが、いまはいつも一人で行動している。花谷医院までさほど遠くはないが、風のない蒸し暑い夜道を、一日の心身の消耗を感じながらの道のりは、やけにしんどい。

辰治の今の様子だと、医療用モルヒネがまた必要になる。宥鑁に相談することがもはやできない保枝は、明日にでも山を下りて大阪の薬種問屋に向かい、手配しなければならないと考えていた。

重い足取りで、花谷医院の住居兼診療所に帰ってくると、山に迫られたあたりは暗黒の世界であった。日のある間は人通りもあり、診療所は患者や家族や、手伝いの女衆らが出入りするからここまで森閑とはしていない。

「暑い、しんどい、年なのかしら」

そんな愚痴めいた言葉を発しても、応じる人などいるはずもない一人住まいであった。

翌日は昭和三年（一九二八）八月二十六日、日曜日である。

花谷医院の白い外壁は、残暑の光を浴びてきらきらと輝いていた。それでも切通（きりどおし）の両脇の高台から梳る（くしけずる）ように流れてくる風は、斜面の高野槇の葉を揺らし、薫を運んでいる。

日曜日なので患者はいない。

手伝いの女衆が診療所に行くと、昨晩先生の帰りが遅かったので作っておいたむすびは、皿の上に手が付けられないままになっていた。

いつもなら、先生は起きている時刻である。不審に思って寝室に様子を見に行った。

部屋の外から「先生」と何度呼びかけても答えがない。

部屋に入ってみると、先生は着替えをした状態で、床に突っ伏していた。

保枝は一度も意識を取り戻すことなく九月五日（六日説もあり）静かに息をひきとった。脳溢血。

「四十八歳の若さで亡くなられたが、もう少し生きていて下さったら、高野山の女の地図が変わっていたかも知れぬ」

と高野山の明治女性の象徴ともいえる畲野清子さんは書いている。

華渓院光済妙保大姉
告別式の写真には、老若男女百人近い葬列の人々が写っている。その後ろにもさらに列が伸びていたのかもしれない。

赤痢や、感冒や、皮膚病や、けがでお世話になった患者たちや家族が葬列にいた。大阪の大学病院へ行くように言われ、命が助かった男の家族もいた。喘息の数珠屋のばあさんはもちろん、いまや立派な僧になった神経衰弱だった僧も、竜智やその弟子たちまで葬列に参列した。

保枝は、老若男女を問わず、僧侶も町家の人びとも娼婦も、何ら区別なく診療した。人々が懸命に生き、繋いでゆこうとする命の色や、深さや、広がりは一人一人みな違い、だからこそ貴いのだと全霊で診療にあたった。

病気を早く見つけて、治せたこともあるし、伝染病の蔓延を食い止めたこともある。だが、患者が亡くなったのは、この女に診せたからだと遺族に罵倒され、無力感を味わったこともある。それでも、時間や、疲れを少しも厭わず全力投球してきた。

京都の法性宥鑁はこの葬列のどこかに写っているのであろうか。

子供のころから目をかけ、高野山に住まう女医をついに獲得した。そしてその女医は、自ら独立し、自分ひとりの足で歩き始めたばかりであった。

保枝の明治の職業女としての意地なのか、宥鑁という高僧を尊敬はしても、その妻に徹するという生き方にはがんとして肯（がえん）じる姿勢はみせなかったが、宥鑁は保枝という一人の人格に、惜しみない愛を注ぎ込んだ。

泉涌寺長老（真言宗泉涌寺派管長）を経て、今度こそ金剛峯寺座主に乞われ、保枝との再会、そして平穏で祝福される余生が待っている。そんな淡い想像を宥鑁は巡らせていたかもしれない。

十一歳から半世紀以上馴染んだ高野山。保枝のいる高野山に戻ることを夢に見ていたことを誰が否定できようか。

保枝もまた、宥鑁が山に戻ることを、どこかで期待していたのではなかろうか。

それだけに、まだまだこれからという保枝の突然の死は、老師の身に深く深く堪えた。

保枝は、高野山奥の院にある地蔵院の墓地に眠り、位牌は現存の地蔵院に祀られている。

昭和三年九月十五日発行の「高野山時報」四百九十一号には、花谷女医の逝去と題して、次のような記事が掲載された。

――高野山唯一の女医として高野山上に古くより居住し名望を一身に集めて居た花谷保枝女史は一昨年より鶯谷入口に花谷医院を開設し大いに活動されて居たが去る八月二十六日突然脳溢血を発し爾来大阪の松岡博士を主として加療中の処ろ薬石効なく遂に去る六日逝去された、享年四十八歳。

池津川に生まれた女子は、生涯お大師様の恩徳に与かり、そして抱かれて旅立った。

保枝が逝去した昭和三年、高野村は町制を施行して高野町となり、人口は八千百八十八人、千四百四十七世帯があった。やがて、極楽寺から高野山間にケーブルカーが開通し、高野山から女人堂には人力車が群れるほど走り、高野山スキー場まで開設された。

高野山唯一の開業医、花谷医院は閉鎖されたまま、高野町は素知らぬ顔で活況を呈して行くように見えた。

だが、町役場は町の住人だけでなく山に参籠に来たり、スキーに来たりする旅行客が増える中で、あまりに早い花谷医院の閉鎖に困り果てた。町に誰も医師はいない事態は、座して見ているわけにはゆかず、後任を必死で探したが思うようにならなかった。

保枝の一周忌が営まれてから間もなくの昭和四年（一九二九）十一月九日に、失意落魄の法性宥鑁は妻の後を追うように入寂した。六十九歳であった。

町では花谷保枝の後任医師がみつからず、町になったのに無医地区になってしまった事情を、保枝の夫であり、高野山の医療事情に詳しい宥鑁に話して、打開策を探ろうとする意見もあったが、それも叶わなくなった。

それから十年以上を経た昭和十六年、ついに、それまで野迫川村で村医をしていた花谷義方医師（保枝の兄の三男、保枝が教育費を出資している）が、以前の花谷医院とは別の山内で開業することを決意した。

高野町が花谷保枝の功績を多とし、花谷家こそ高野山が厚い信頼を置く医伯に他ならないとの繰返しの粘り強い懇願を受けてのことである。

その長男俶行（よしゆき）医師がこれを継いだが、早逝したため再び義方が昭和六十三年までの長きにわたり、花谷医院の院長の座にあった。

その後しばらく非常勤医師でつなぎ、平成十六年から俶行の次男、花谷誠也（のぶや）医師によって継承され、高野山の花谷医院の歴史は辛（から）くも繋がることになった。

戦後すぐにできた町立高野山病院は、結局診療所に縮小化され、医師不足に悩む中、花谷医院だけは千古不易の保枝の夢を受け継ぎ、高野町にはなくてはならない唯一の内科・小児科医院として衆望を集めている。

明治生まれの郷土の医師たちは、ほぼ例外なく地域の歴史的背景を持ちながら、困難な時代をその地の医療に生涯を捧げている。

郷土はそれに応えて、表彰したり、記念碑を建立したりした。

花谷保枝の、高野山という特殊なしきたりのある文化圏の中で、二十有余年に渡り尽くしてきた貢献は、それに十二分に値するものだと思うが、そのような顕彰のあとはみられない。

一の橋から高野山奥の院への参道沿いには、墓石が頻（し）く頻（し）く立ち並んでいる。保枝の墓石も、その中にひっそりと隠れるように立てられている。

ここには、日本を代表する大勢の華やかな、あるいは悲劇の主人公たちが、墓碑銘や戒名とともに葬られていて、高野山に参籠してきた歴史好きたちを甚く興奮させる。

そのせいだろうか、それとも、歴史的著名人に隠れてというべきだろうか、花谷保枝の高野山での功績は、名望を集めていたはずなのに、いまや地元ではすっかり忘れ去られているようにみえる。

保枝は、ただただ一人の医者として精魂尽きるまで働いただけである。一介の池津川生まれの明治女、花谷保枝その人が、高野山の医療の礎を築く歴史の一ページ目の糸を紡いだだけのことかもしれない。

名を馳せたいとか、顕彰してほしいなどとは、毫も思ったことはなかっただろう。

それにしても、高野山の中で、花谷保枝と法性宥鑁とは進歩的な二人であった。二人の婚姻は高野の山を揺るがす大ニュースだったが、以後は高野山の僧侶が結婚することに抵抗が少なくなり、もうニュースにはならなくなった。

僧侶と医師。日本人が生きてゆくのに、なくてはならない枢要な存在。

二人が時代の先端にいて、時を切り拓いていった功績は、二人が意識していたかどうかは別にして、歴史的意義は大きい。

奥之院の御廟では今も弘法大師が瞑想を続けている。

維那（仕侍僧）を先頭に、食事を白木の唐櫃に入れて二人の僧がこれを担い、お大師様のところに運ぶ「生身供」は、千二百年もの間、朝昼一日二回毎日続いてきた儀式である。

大師の召し上がる食事の中身は、一飯一汁三菜。精進料理には違いないが、時代とともに少しずつ変化してきたであろう。常人が中味を窺い知ることはできないが、パスタやシチューが供されることもあるという話である。

「女人禁制はお坊さんの世界の決まりごと」「決して決して、女を嫌ったり、侮っているのではない」

あのお大師様は、時代の移り変わりを、苦笑しながら、今も慈愛深い目をして頷いているにちがいない。

付記

著者は、日本の女性医師はその特性を生かして、もっともっと活躍できなければならないと、日ごろから思っている。「女性活躍社会」などという標語が今頃出てくる時代錯誤な日本社会を形作ったものは何なのだろう。今日よりも数層倍も女性の活躍が困難であった明治時代の女性医師たちは、どう生きたのかに関心を寄せてきた。

この物語は、その過程で出会った女人禁制の高野山に突如出現した実在の女性医師、花谷保枝をモデルにしている。彼女の基本的史実はできるだけ外さないようにしながら書き下ろしたフィクションである。

作中にも登場する花谷誠也氏には、保枝に関する多くの情報をご提供いただくとともに、方言指導もしていただいた。記して謝意を表する。

若倉雅登
わかくら・まさと

1949年東京生まれ。北里大学医学研究科博士課程修了。
グラスゴー大学シニア研究員、北里大学助教授を経て、
2002年から井上眼科病院（お茶の水）院長。12年から同名誉院長。
日本神経眼科学会理事長、東京大学医学部非常勤講師、
北里大学医学部客員教授などを歴任。専門は、神経眼科、心療眼科。
週前半に特別外来を担当し、週後半には講演・著作活動、
ボランティア活動に取り組む。現在、NPO目と心の健康相談室副理事長。
著書に「医者で苦労する人、しない人」「絶望からはじまる患者力」（春秋社）、
「心療眼科医が教える　その目の不調は脳が原因」（集英社新書）、
伝記的医療小説「茅花流しの診療所」（青志社）など多数。

蓮花谷話譚

二〇一九年八月二十九日　第一刷発行

著者——若倉雅登

編集人・発行人——阿蘇品 蔵

発行所——株式会社青志社
〒一〇七-〇〇五二　東京都港区赤坂六-二-十四　レオ赤坂ビル四階
（編集・営業）
TEL：〇三-五五七四-八五一一　FAX：〇三-五五七四-八五一二
http://www.seishisha.co.jp/

本文組版——株式会社キャップス

印刷・製本——中央精版印刷株式会社

ISBN 978-4-86590-088-0 C0095